聯邦走馬

奇遇夫人

孔亚雷 著

上海文艺出版社

"开门!""为谁?您是谁?"
"我想进入你的心。"
"那地方有点儿挤。"
"这有什么关系呢?
哪怕没空间,你也不必抱歉。
我会告诉你一些神奇的事。"
"所以,是您吗,奇遇夫人?"

———— 沃尔夫拉姆·冯·埃申巴赫

奇遇

自从那件事之后，一切都变了。不，不是那种突然、剧烈的改变，而是那种不知不觉、缓慢，但却坚定的改变。就像悄悄改变航向的巨轮。意识到时，已经来到一片新的海域。

但那件事很难描述。因为它既普通又神秘。既简单又微妙。每次回想起来，似乎都有新的细节浮现，似乎都有新的含义在其中闪烁。如果一定要描述，也许可以说：那是一次奇遇。

不过，在描述那次奇遇之前，我必须先描述一下自己——因为，如果不了解我是**怎么**来到这个世界的，你们就无法理解那次奇遇。

我来自广东一个小镇。你们也许听说过那个小镇。它以生产灯具而闻名。据说，全国有百分之八十的灯具都产自我们那儿。我们那儿的每户人家几乎都经营着自己的灯具厂。我家当然也不例外。事实上，我父亲的厂是当地最大的几家之一。我家的特长是仿制各种世界名灯。西班牙钓鱼灯。北欧云朵灯。PH松果灯。怎么说呢，这多少是因为，他，我父亲，是个赶时髦的人。在小镇上，他总是领风气之先。他是第一个出国旅游的。第一个买跑车的。第一个在院子里挖出私人游泳池的。所以，不难想象，他也是第一个去做试管婴儿的。

除了灯具，我们小镇的另一个特色是不孕不育。这里的不育症发病率非常高。有两种解释，科学的和宗教的。科学的：密集的灯具生产线污染了流经镇上的一条小河，而那是我们的饮用水源。宗教的：这里做了太多灯，惹怒了火神。相对应地，也有两种对策：求神拜佛，或求医问药。当这两者都不灵的时候——这种情况很常见——就出现了第三种解决方案：找一个年轻健康的外地女人。当然是私下地，偷偷摸摸地。（而且也不一定可行，要是丈夫有问题就不行。）对我们这种私营企业发达的广东小镇来说，在某种程度上，孩子就是一切。没有亲生骨肉，家族的血脉就会中断，积累财富就失去了意义——活着也就失去了意义。

所以可想而知，对我们小镇来说，试管婴儿是何等的福音。

我想你们都听过试管婴儿这个词。但其实大部分人对它都一知半解。首先，当然，婴儿并不是从试管里生出来的。它同样要十月怀胎，要经过正常的分娩。不同的是，精子和卵子结合的受精过程是在体外进行的。简单地说，就是把精子和卵子提取出来，放进装有特殊培养液的器皿——那就是试管这个词的由来——让它们结合发育成早期的胚胎，然后再放回子宫。简单说就是这样。而根据精子和卵子的来源，又可以分成几种情况。A：精子和卵子都来自夫妻双方。B：精子来自丈夫，而卵子来自第三方捐赠。C：精子来自第三方，卵子来自妻子。D：精子和卵子都来自他人。

我父母的情况属于B。前面说过，我家是镇上第一个去做试管婴儿的。那是八十年代末。还没人知道试管婴儿为何物。也没人知道会不会生出一个怪胎。但我父亲，就像我说的，对所有新事物都有一种发自本能的、难以抑制的热情。我不知道他是怎么说服我母亲的——但我想应该并不太难，虽然我母亲是一个谨慎多疑的人。虽然从本质上说，做试管婴儿跟找个外地女人好像也没什么不同，甚至风险更大，费用更高。但试管婴儿有它不可取代的优势。首先，卵子的捐赠方和受赠方互相是严格保密的，而外地女人就不同了。她是个身份明确的存在：她的名字，外貌，性格，一切。后来产生纠纷的先例并不是没有。再说，除非万不得已，哪个妻子会愿意自己丈夫跟别的女人同居、生孩子？

此外，更重要的一点是，即使卵子不是母亲自己的，但至少，孩子是在自己肚子里长大的，是从自己体内生下来的。这是一种难以抵御的诱惑。而且，从体验上说，它跟正常的生育几乎没有区别。至于卵子——不管是**谁的**卵子——跟一天天隆起的肚皮相比，更像个虚无缥缈的抽象概念。

总之，用了一年多时间，去了无数趟北京，

花了一大笔钱,我母亲终于产下了一个健康的试管婴儿。一个男孩——也就是我哥哥。

那是1989年底。我出生于四年后。1993年5月。当然,我也是个试管婴儿。试管婴儿跟正常出生的孩子,从理论上说,不会有任何不同。不会更聪明,也不会更笨。不会更漂亮,也不会更丑。我小时候上的镇小学里大概有三分之二是试管婴儿,但老师根本分不出谁是谁不是——也许除了我。

并不是我有什么缺陷,或者标志。而是因为——虽然这听上去有点可笑——我长得太漂亮了。我长得就像个洋娃娃,真正的洋娃娃,像个混血儿。皮肤雪白,眼睛又大又深。毫不夸张地说,我是镇上最漂亮的小女孩。但我父母并不以此为傲。相反,这让他们觉得很尴尬。因为我实在不像是他们的孩子。我父母都是典型的广东人,矮小,黑瘦。我哥哥也是。如果不说,别人做梦也想不到我们会是兄妹。

从表面看,我的生活正常而普通。我父亲跟别的父亲一样,整天忙于生意,我们很少见到他。至于我母亲,她从不骂我,从不打我,但她也从不亲我,从不抱我。我没有任何她触碰我的记忆。甚至连眼神上的接触也很少。我不像是她女儿,而更像是家里的一个客人,一个她不情愿接待,但又不得不接待的客人。(而她对哥哥就完全不同,虽然并不是通过肢体接触,但我能明显地感觉到。也许是受了母亲的影响,哥哥对我也很淡漠——仿佛我是个毫无关系的外人,只是恰好借住在他家。)

也许正因如此,我从小就很乖。从懂事起,我就几乎没哭过。我知道这听上去不可思议,但这是事实。我的泪腺似乎退化了——或者说进化了。即使当我还是个小小的小女孩时,我就总感觉哪里不对劲。那是一种直觉,一种对接收到的各种微妙讯息——大人的眼神、姿态、语调,周围的气氛——下意识的、本能的归纳和总结。我总觉得自己好像做错了什么——而我应该为此负责(并为此愧疚)。**但我究竟做错了什么呢?** 我在下意识里不停地问自己。回答是:不知道,但我**一定**做错了什么。也许那就是为什么我特别乖巧,甚至小心翼翼的原因:为了弥补那种莫名的罪恶感。

直到上初中，我才渐渐发觉那种罪恶感到底来自哪里。

如果说小学时我还只是像个洋娃娃，到了初中，我已经变成一个高挑丰满的美少女。就像有谁在我体内按下了启动键，突然，我的身体开始每天都发生变化。皮肤越来越白嫩，个头升高，胸口隆起，腰部渐渐形成瓷瓶般的曲线。我记得，那段时间我经常梦见自己在游泳——在一片温暖的，既像大海又像子宫的水域里，仿佛水流在塑造着我，雕刻着我。

我在学校没有朋友。所有女生都讨厌我。所有男生则都喜欢我——但因为我毫无反应，遥不可及——于是喜欢也就变成了讨厌。传言是从一个外号开始的。不知什么时候起，他们开始叫我"俄罗斯套娃"。先是背后叫，后来当面也叫。因为背后还有一种更恶毒的叫法："俄罗斯野种"。这当然跟我的外貌有关，但更主要的是，根据传言，我是从一个俄罗斯女人的肚子里生出来的。

让我来解释一下。原来，我家不仅是镇上第一个做试管婴儿的，还是第一个去**俄罗斯做**

试管婴儿的。也就是说，跟哥哥不同，我的胚胎不是在北京，而是在俄罗斯某个医院的试管里培育形成的。但这并不是秘密。在我之后，镇上有一大批孩子都是在俄罗斯做的试管婴儿。因为那边的费用比国内更低，而且成功率更高。但根据传言，跟别人不同，我并不是母亲生的，而是由一个俄罗斯女人代孕生出来——也就是说，父亲的精子和捐赠的卵子在试管中结合成胚胎后，被放入一个俄罗斯女人的子宫受孕，直至生下我——那才是父亲去俄罗斯的真正原因：在那里，试管婴儿由人代孕是合法的。

不久，这种传言又有了两个升级版。一个是：我不是试管婴儿，而是父亲跟那个名义上代孕的俄罗斯女人生的。另一个：我非但不是试管婴儿，而且跟父亲也没有血缘关系，父亲被俄罗斯医院骗了，我是那个假装代孕的女人跟不知道谁生的——所以，我是个百分之百的"俄罗斯野种"。

但无论哪个版本，它们都有个共同点：我是从某个俄罗斯女人的肚子里生出来的。这对我来说意义重大。我甚至觉得松了口气，仿佛解开了一个难解之谜。是的，这就是我那种莫名罪恶感的来源：因为我不是她生的。因此在**所有意义**上，她都不是我妈妈。但我并没有去问父亲，也没有找任何人对质或求证。毕竟，我还是个孩子，我根本不知道该怎么开口。而且，那个念头一出现，我就知道那是真的。毫无疑问。那解释了一切。

那天晚上，我站在自己房间的落地镜前，看着里面只穿着内衣的那个少女。她似乎全身都在隐隐散发着光芒。连我自己都为之心动。但同时我也感到莫名的悲伤。我不知道究竟是谁把我带到了这个世界。我也不知道自己为什么要来到这个世界——从各方面看，这个世界好像并不需要我。

初中毕业，我考上了广州的一所外国语高中。去外地寄宿让我——似乎也让我父母——如释重负。新环境里没有人关注我，也没人知道我是试管婴儿。（不过，我真的是吗？）我学会了各种掩盖自己少女光芒的技巧：戴副大大的眼镜，不用任何护肤品，只穿一些颜色灰暗、宽松不显体型的衣服。周末我很少回家，寒暑假回去也大多待在父亲办公室的隔间里，在那儿复习功课，帮着翻译些英文资料。从小到大，那几个假期，是我跟父亲相处最多的时光。我仍然记得，我们父女俩在工厂食堂里默默对坐着吃饭的场景。那里有种淡淡的，对我而言极其陌生的家庭温馨感。但不知为什么，父亲看我的目光总有点躲闪。他似乎不敢长久地直视我，似乎那会灼伤他。也许正是这个原因，直到去北京上大学，我都始终无法开口，问他那个我一直想问的问题。

我真的是你女儿吗？

我最终问出那个问题，是在五年后。那时我已大学毕业，恰好这里有份合适的工作，于是我离开北京，来到上海。

那段时间没什么可说的。是的，一直以来，我的人生就像个空壳。像个黑洞。虽然表面上跟常人无异（甚至比常人更美貌，收入更高），但其实我是个心理上的残废。我没有爱的能力。那就像长期缺乏某种维生素而导致的发育缺陷。我根本不知道爱是什么感觉，就好像我也不知道哭是什么感觉。

我甚至也不知道恨是什么感觉。我并不恨母亲。我只是总觉得莫名地失落。我不知道自己到底来自哪里。俄罗斯只是一个虚幻的符号。我常常涌起一股彻骨的虚无感,仿佛自己是一个不存在的幻影。对我来说一切都没有意义。我在哪里都找不到归属感。因为那种温暖的、充满信赖的归属感,只能来自爱。

当然,无论是在大学还是后来工作,都有很多人追我。我谈过两次恋爱,但都无疾而终。我甚至能感觉到分手时对方都松了口气。那类似一种动物性的直觉,我想,任何人,只要太靠近我,就会感受到我身上那种黑洞般的冷漠和虚空。

那几年里唯一值得一提的,是我迷上了听古典音乐。不,更准确地说,是迷上了听拉赫玛尼诺夫。大二时,为了凑学分,我选修了一门"古典音乐欣赏"。然而,当我第一次听到拉赫玛尼诺夫的第二钢琴协奏曲,我产生了一种奇异的感觉:它显得如此亲切,如此熟悉,仿佛我以前曾经听过——而且听过很多遍。但那不可能。那之前我几乎从没听过古典音乐。我连协奏曲跟奏鸣曲都分不清。但这首曲子似乎瞬间就将我包裹起来。它似乎抚平了我心上所有最细小的皱褶。我可以无比轻易地跟随它的每个音符,并随之彻底放松自己,就像静静飘浮在无限的太空。

我立刻去图书馆查他的资料。拉赫玛尼诺夫,俄国著名作曲家、钢琴家和指挥家,1873年出生于一个音乐世家,被称为浪漫主义晚期最伟大的作曲家之一,主要作品包括三部交响曲,四部钢琴协奏曲,帕格尼尼主题狂想曲,歌剧《阿莱科》,管弦乐诗剧《死之岛》等。1914年一战爆发后他携家人离开俄国,并于1918定居美国,1943年在洛杉矶去世。

我开始四处找他的作品。我用假期打工积攒的零花钱买了所有能找到的他的作品CD。除了他的作品,我几乎不听别的音乐。但最打动我的,还是那首C小调第二钢琴协奏曲。我最爱拉赫玛尼诺夫自己演奏的版本。我听了无数遍。每次听都有一种生理性的微微震颤。仿佛频率一致的共振。仿佛我与那首曲子之间有某种内在的神秘联系。直到有一天,我恍然大悟:我一定是在妈妈肚子里听过这首曲子!那就是为什么它显得如此熟悉的原因:**我真正的**母亲,我的俄罗斯母亲,在怀着我的时候一定常常听这首曲子。

一位美丽的俄罗斯孕妇,坐在有蕾丝花边的沙发上,看着窗外的飘雪发呆,空中回荡着那首拉赫玛尼诺夫的第二钢琴协奏曲。我脑中开始不时浮现出那样的画面。

又一个证据,或许。但理智也告诉我,我这些所谓的证据都站不住脚。它们终究不过是些感觉、想象、推断。(用法律术语说,它们根本无法作为"呈堂证供"。)我的身世仍然是个谜。

然后,一天下午,我上班时接到父亲一个电话。他说他在上海。那天晚上我带他去了家高级的法国餐厅。我已经很久没见父亲了。他看上去老了很多——不知为什么,似乎是一瞬间变老的。他说他在郊区给我买了套精装修的小公寓。位置有点远,他说,不过靠近地铁,交通很方便,小区环境也好。我们点了瓶很贵的红酒，像以前那样默默对坐着吃饭。他问我工作怎么样，我说很好。他问我有没有男朋友，我说没有。饭快吃完时，他突然下定决心似的用餐巾擦擦嘴角，往后靠到椅背上，看着我的眼睛说，你有没有什么事想问我？

我当然有。

"是的，你不是你妈妈生的。"他叹了口气。"生完你哥哥，她的子宫就出了问题。他们都说俄罗斯女人代孕生出的孩子会特别聪明健康。费用便宜，技术水平又高。还可以顺便去俄罗斯旅游。轻轻松松，什么都不用管，你妈妈就同意了。"

高脚酒杯里还剩了一点酒。他拿着酒杯晃了晃，但没有喝。

"我知道你跟你妈妈关系不好——不过有一点可以确定，你是爸爸的孩子。你很小的时候我们就去做过亲子鉴定。那些都是谣言。他们只是嫉妒你，嫉妒你漂亮、聪明。"

我问他能不能多讲点在俄罗斯的事。

"很多年前的事了。"他露出浅浅的微笑，眼睛看着空中的某个点。"那时苏联刚解体还没多久。我印象最深的是，整个莫斯科，莫斯科人，似乎都有点恍恍惚惚的，好像刚从梦中醒来——至于那个梦，究竟是噩梦还是美梦，他们自己也搞不太清……我还记得，那个代孕的女孩，还领着我和你妈，还有陪同的大学生翻译去玩了几个景点。红场，克里姆林宫，圣瓦西里大教堂。"

"有她的照片吗？"我的心跳突然加快。

父亲摇摇头。"有几张合照，都被你妈给烧了。"

"……还记得她的样子吗？"我又问。

父亲抬起眼睛看着我。"很漂亮。"他说，"典型的俄罗斯美女。金发，大眼睛，个子很高。不太说话，总带着微笑。跟你有点像。不过，"他接着补充说，"你跟她应该没有血缘关系。你是黑发……而且，那是家很大的正规医院，我们还签了合约，卵子必须来自中国人——当然，具体来源是保密的。"他停顿片刻。"但不管怎么说，你在她肚子里待了十个月……"他没再说下去。

我们默默看着各自的酒杯。

临走前，他似乎突然想起了什么。"对了，我记得她是个钢琴老师，"他说，"苏联解体后失业了。她还说那是她第一次怀孕。她叫安娜。"

安娜，我在心中暗暗重复道。安娜。

所以，对于那个将我带到这个世界的人，这几乎就是我知道的全部：安娜，以及，或许，拉赫玛尼诺夫的第二钢琴协奏曲。

那是我最后一次见到父亲。一个月后，我接到哥哥的电话，说父亲去世了。肝癌。我没回家参加葬礼。我们已经告别过了。我彻底切断了跟家乡的联系。我搬进了父亲给我买的那套小公寓。我的生活简单而平静：上班，下班，看书，听拉赫玛尼诺夫。周而复始。心如死水。一直到发生那件事。

那是去年十二月初的一个周五晚上。那天很忙，我一直加班到很晚。我工作的那幢三十层大楼坐电梯可以直达地下的地铁站。（所以我经常一整天都待在大楼里，以至于有时会产生一种错觉，会突然觉得**外面的世界**说不定已经消失了，或者已变得面目全非。）我过了十一点才离开办公室，十一点半上了最后一班地铁。

我喜欢坐末班地铁。那时的车厢空荡荡的，没几个人，散发出一种令人舒适的寂寞，跟上下班高峰时的感觉完全不同。你看见的不会是对面一张张疲惫麻木的脸孔，而是车窗玻璃上隐约映出的自己——虽然那看上去也像另一个人。

父亲给我买的公寓离地铁终点站不远。从办公室到终点站大概要四十分钟。那就像一段小旅程。我一般都戴着耳机埋头看书。但如果像那天一样加班晚了，地铁很空，我就会坐在那儿，悄悄打量一番周围为数不多的乘客，然后看着对面车窗里的另一个自己发呆。（那天晚上整节车厢里连我在内只有五个人：一对五颜六色的年轻情侣，一个戴金边眼镜、穿藏青色呢大衣的中年男人，一个闭目养神的老头。）

这段旅程中我最喜欢列车冲出地下的那一

丝花边的长袖连衣裙，外面套了件浅蓝的西装夹克，下身一条雪花图案的灰色打底裤，脚上一双锃亮的黑色小皮靴。她们不冷吗？（她们看上去完全不知道"冷"是什么感觉。）更奇怪的是，她们都没带包，也没带伞。在这样一个下雪的深夜，她们是从哪儿来？她们要到哪儿去？

我朝周围看看，似乎想寻求帮助。难道只有我注意到她们的奇特？但那个中年男人一直在低头看手机。也许他抬头看过一眼，但毫无兴趣——只是一对随处可见的祖孙女，不是吗？

不，不对，我闭上眼睛对自己说，我一定错过了什么。什么显而易见的东西。就像刚才窗外的雪。这时熟悉的拉赫玛尼诺夫第二钢琴协奏曲在我耳边响起。是的，我一直戴着MP3耳机（我的MP3里是一整套的拉赫玛尼诺夫作品集），但之前我的注意力都集中在那对祖孙身上，完全忽略了耳中的音乐。我闭眼聆听。虽然已经听过无数遍，但跟往常一样，第二钢琴协奏曲那温柔恢宏的前奏再次将我裹挟而去。不，这次的感觉更为强烈。它似乎在摇晃着我，提醒着我。它似乎想告诉我什么。

我睁开眼睛，再次悄然凝视着对面那对祖孙。（她们似乎被一层透明的光膜保护着，从而感觉不到我的视线。）就在那一刻，我突然意识到她们很**眼熟**。我一定在哪里见过她们！但是在哪儿呢？那是一种陌生的熟悉。就像……就像车窗里的另一个自己。

我感到全身一阵微微发麻。仿佛一个黑暗的房间突然变得灯火通明：瞬间一切都变得如此清晰。我忽然知道了她们是谁。她们就是我。她们是我的过去和未来。

我遇见了我的过去和未来。

我知道这听上去很荒谬。但对当时的我来说，这是确定无疑的事实。一种神启般的领悟。那个小女孩无疑就是小时候的我。眉眼，嘴巴，皮肤。甚至发型也一模一样（齐肩的长发，额头留着整齐的刘海）。而如果说我觉得（或者说希望）自己老了会变成什么模样，那个老妇人就是最好的答案。（是的，她的发型——稍稍有点卷的欧米伽头，闪烁着银光——就将是我的发型。)总之,毫无疑问,坐在对面的就是我——也是我:过去的我和将来的我。

如果你们觉得我疯了,或者有点神经错乱,我也完全可以理解。因为那的确像。而且在某种意义上,世界似乎确实发生了小小的错位。我很难客观描述接下去的十来分钟。那既像一瞬,又像永远。经过成百上千次的回忆,那已经变成了一种慢镜头的电影场景。在拉赫玛尼诺夫那时而忧伤时而辉煌的乐声中,飘落的蓝色雪花,飞驰而明亮的列车车厢,都突然变得无比缓慢,仿佛世界突然被浸入了海底。她们依然用那种异常优雅的姿态静静地坐着,望着对面的窗外。从头到尾,她们都没有交谈,只是偶尔充满默契地同时转过头,相视而笑。(仿佛她们交流靠的是心灵感应,而不是语言。)我全身心地追踪着她们每个最细微的举动:小女孩扬起的面孔散发着光泽,眼神像水一样清亮;与此同时,老妇人转动脖子,低头对她绽开微笑。(当老妇人转头时,我可以清楚地看见她左耳下有道蜈蚣般的伤疤。)我甚至好像也能感应到她们在说什么。("外面的雪真美,不是吗?""是啊,好美。")不知道过了多久。时间已经失去意义。我呆呆看着她们,身体僵硬无法动弹。只有拉赫玛尼诺夫的钢琴协奏曲在继续流淌。最终,她们又对视了一下,这次似乎在说"好了,我们该离开了"。然后她们一起转过头,对我送上极其自然而温暖的微笑,并轻轻颔首致意,接着,列车到站,她们起身走出了车厢。

列车再次回到地下。

我该怎么形容她们对我的那种微笑和致意呢?那就像舞台谢幕。就像演出结束后优雅的告别。但那也像是某种鼓励,某种安慰,某种讯息。她们似乎在对我说,"别担心,一切都会好的"。我的身体呼的一下松懈下来——就像被解除魔咒的公主。我感觉胸口似乎有块冰在快速融化。那一大块冰融化成的水从胸口涌向身体的各个部位(因此我全身都在微微颤抖)。它们甚至从眼睛涌出体外。

我意识到自己在哭。原来这就是哭。原来哭是这么美妙,这么令人欣慰。原来眼泪真的是咸的,味道就像海水。

如果我家不是最后一站才下车,我一定会坐过头。我过了一会儿才发觉已经到了终点站。广播在播报"请乘客全部下车"。(音乐不知什么时候停了——大概 MP3 没电了。)周围已经空无一人。我摘下耳机,吃力地站起来,走出车厢。我觉得疲惫而幸福。甚至骄傲。是的,我终于会**哭**了。但同时我也觉得有点恍惚和失衡,有种不真实感,仿佛刚从梦中醒来。我紧紧抓住自动扶梯的把手,生怕自己会跌倒。我看见上方扶梯尽头那个中年男人藏青色的背影。他发现我哭了吗?或许发现了也会觉得很正常,不过是深夜地铁上一个默默哭泣的女子,不是吗?

我决定在雪中散步回家。我尽情吸入清冽的空气。雪还在下。街道上几乎看不见人,只有路边两排延伸向远方的路灯,和偶尔梦游般驶过的汽车。每隔一段距离,路灯光便形成一片舞台似的区域,雪花像表演一般在其中飘舞。我不时停下脚步打量四周。世界好像变得不一样了。平常那些丑陋嘈杂、司空见惯的楼房建筑,在积雪覆盖下变得纯真而宁静。整座城市都笼罩着一层幽蓝的荧光,有种超现实感。仿佛在梦中。我是在做梦吗?这是一场梦吗——此刻,今晚,她们?我仰起头,让几片雪花落到脸上,皮肤有令人欣喜的微微刺痛(我知道那是**泪痕**)。我觉得胸口像被掏空似的,像是在等待着被放进什么。我突然涌起一种渴望,或者说恐惧:我必须留下点证据,证明今夜——今夜发生的一切——并不是梦。但我能找到什么证据呢?我环顾四周。我伸出手掌接住几片雪花。雪花吗?可我要怎么才能留住雪花呢?

就在这时我远远看见街对面有家小店。在这个时间,几乎所有店铺都关门了,但它还亮着灯。从落地橱窗里溢出温暖明亮的黄色光线。不知为什么,那团光似乎在召唤着我。我穿过马路。走近了看,那像是一家卖各种生活杂货的文艺小店。但推开白色格子的玻璃门,我不禁愣住了:一对容貌清秀的年轻男女正在屋角给货品拆包,这家店大概还没开张——正准备开张,那就是为什么它这么晚还亮着灯。

"不好意思……"那个男生的话还没说

完,那个女孩已经微笑着朝我小跑过来。她轻柔而坚定地拉住我的胳膊,替我关上了身后的门。她对我又笑了笑,然后对男孩熟练而优美地做了几个手势。是手语,我意识到,女孩是个哑巴。我注意到她最后扬起头指了指天空。

"她说……"男孩的脸有点红了,"她说,虽然我们明天才正式开张,但希望你能成为我们的第一个顾客。她说给你打七折。她还说……"男孩有点害羞地笑了,"……你这么美,一定是天上派来的天使,你会给我们小店带来好运的。"

女孩对我展开灿烂的笑容,又用力点点头。我觉得胸口涌上一股暖流。我不知说什么好。我也对她笑着微微点了点头。

我四下看了看。店面虽小,但布置得繁而不乱,像间温馨而有格调的小客厅。各种家居用品——花瓶、玻璃杯、西式餐具、咖啡壶、干花、烛台、相框、小摆件——错落有致地点缀其间。说实话,平常我很少逛这样的小店。跟一般女孩不同,我不爱逛街,也不爱买那些装饰小物件。(我的公寓里几乎没有多余的物品，就像个修道院。）但在那一刻，徜徉在那间温暖的小店，我突然涌起一股强烈的购买欲。我一定要在这里买样东西，我对自己说。并不是因为——不仅仅是因为——那对可爱的店主和他们说的话，而是因为我要为今夜留下一件证物。为了今夜这梦一般的、恍若非现实的奇遇，我需要一件有现实感的、每天都要使用的东西，来作为证据。

然后我发现了那只小杯子。那是只看上去不起眼的乳白色瓷杯。尺寸比普通马克杯小一号。釉色和形状都带着手工制作那种拙意的不均匀，显然不是流水线上千篇一律的产品。我握住它的手柄，把它拿在手里。感觉就像长在手里那般合适。我轻轻抚摸着它的釉面，一种光滑的粗糙，仿佛能让皮肤回忆起最初构成它的矿石。

我买下了那个杯子。

直到今天我还在用那个杯子。我几乎天天用它。我用它喝各种东西。水、咖啡、果汁、茶、加冰块的威士忌，甚至——有时候——加进几滴眼泪。我对它无比珍惜。就连在水流下清洗它也让我觉得喜悦。我想我爱上了它。我想我终于知道了什么是爱。

当然，它也常常让我想起那个奇妙的雪夜，想起她们，想起她们最后对我"说"的那句话：**别担心，一切都会好的**。它将我与那个奇遇之夜连接起来，它是证据，也是恩赐。我知道，你们有人也许会觉得这很可笑。有人会说，那不过是一次平常的偶遇，那不过是一对气质清雅的祖孙女，或者，再极端一点，也许我不过碰巧遇见了自己血缘上的母亲。但我不这么想。对我来说，她们就是我的过去和未来。有时我会触摸自己的左耳下方，我知道那里将会有一道伤口。但我并不害怕。一切都会好的——只要有眼泪和爱。是的，爱。虽然我还是个新手，我还在学习，学习去爱一个人，爱这个世界——从一只杯子开始。

复活

今晚我要给你们讲一个童话，通过它，你们既不会回忆起任何事情，也将回忆起所有事情。

——歌德

1

他在昏暗中醒来。他被绑住了。脑中一片空白——一种奇异的陌生感：时间，地点，气味，身体。仿佛这一切本来对他毫无意义。仿佛他是神或幽灵，也就是说，某种抽象的、超越性的存在，但现在却被硬塞进了一具躯体。他抬起左手，看着浮现在幽暗中白骨般的手指。他闻到自己身上皮夹克的气味。他靠进椅背，闭上眼睛，做了个深呼吸。甚至连呼吸也显得新奇。呼。吸。他听到一种永恒而低沉的嗡嗡声——他不确定来自体内还是体外。

他站起来。过了几秒钟才意识到他已经本能地给自己松绑。环顾四周。坐满了人，只有他身边的座位空着。他沿着狭窄的过道，朝远处空中的绿色标志走去。大部分人都在沉睡，夹杂着几张呆滞的面孔被磷火般发光的屏幕照亮。就像一群尸体。他关上门。门锁的咔嗒声意外地清脆。

里面灯光明亮。他盯着镜子。不。他不认识**这个人**。一张平常的脸。三十来岁。偏瘦，短发，单眼皮。大约两天的胡须量。面无表情——不，事实上，是表情僵硬。他不知该怎么办。就像被迫探访一名从未见过的囚犯。他试图微笑，但那看上去不过是嘴角的一丝痉挛。**对方**也一样。气氛尴尬。他们继续对视，一动不动，似乎都在等对方开口。这时，镜中那个人突然颤抖起来。颤抖得越来越激烈。他伸手拉住墙上的扶手。

飞机前方遇到气流，请大家在座位上系好安全带，不要走动，洗手间暂停使用。

他被吓了一跳。他猛抬起头，立刻就找到了那个柔和女声的来源。颤抖在继续。他紧握住扶手，竭力保持平衡，眼睛盯着那小小的白色蜂巢。

飞机?

他最后一个站起来。空荡荡的机舱让他想到排列整齐的墓碑。先生——他停下脚步，心跳骤然加速——这是您的包吗？他转过身。哦，对——谢谢。他对自己的声音感到别扭。对自己的镇定。他尽量直视她的眼睛。很美的眼睛。冷漠的和蔼。一只黑色的帆布包，比看上去大，比想象的轻。

他跟随人流的方向前进。保持一定距离，但又不至于迷路。观察，他对自己说。这是他目前唯一能做的。经过一条玻璃走廊时，他看到灯光下的停机坪。晚上。但不知道几点。不远处一架肥硕的飞机正在缓缓转向。

他感到不舒服。过了一会儿才意识到是因为热。下降的自动扶梯把他带到一个空旷的大厅。正对扶梯的那面墙上有幅巨大的广告。沙滩，棕榈树，海。Y城欢迎您。他盯着那幅图片看了一会儿。Y城。他尽量显得自然地左右张望。右边往前走是取行李处，一圈人正围在那儿。左边则有一排电话亭似的小隔间，旁边墙上有个牌子：更衣室。几个人走进去。出来时，呢大衣变成了短袖衫，羽绒服变成了裙子。

自己置身于一条狭长昏暗的地下通道。通道内光线不断变换。时而幽蓝，时而猩红，时而碧绿。他继续跑。脚步发出巨大的回音。轰鸣。接着画面陡然下降。回音消失。下一秒：水泥地面的特写。色彩变幻的凹凸不平。他闭上眼睛，趴在那儿，一动不动。他被什么绊倒了。被一个软软的、尸体般的东西。一切都停止了：音效、动感、恐惧。除了光线的变换。全身瘫软。一种甜蜜而欣慰的彻底绝望……这时，在一片死寂中，响起了一个脚步声。缓慢、沉重、坚定。他仍然闭着眼睛。他的心再次收紧。恐惧复活。他能听出那个脚步在向他走来。不慌不忙。脚步声消失。余音回响。他不用睁眼也能感觉到：变幻不定的光线下，一个庞大、岿然不动的黑影正笼罩着他。那黑影似乎在以难以察觉的速度慢慢膨胀、弥漫。仿佛过了很久，但又似乎只有一秒：他猛地转过身——

　　他惊醒过来。

　　房间里充满了光。半透明的白纱在风中飘

舞。他昨晚没关窗，也没拉厚窗帘。他气喘吁吁。大汗淋漓。他闭上眼睛，又马上睁开。他又躺了一会儿，等呼吸稍稍平定，然后起身走进浴室。

他赤身裸体，一动不动地站在淋浴蓬头下，让热水长久地冲刷着自己。他似乎能感觉到身上残留的梦境被热水一点点冲走。他甚至能看见它们流进下水道。他对着半面墙的镜子擦干身体，用浴巾裹住腰，穿过房间走到阳台上。天气完美无缺。视野开阔。他双手撑在巴洛克风格的黑色铁栏杆上，看着前方的海。深蓝色的海平线清晰得几乎显得锋利，几乎可以划破手指。阳光慢慢渗入他光着的上身，他半湿的头发。他感到慵懒，宁静，以及一种莫名的失落。但随即这一切都被一个巨大的无底洞吞噬了。他过了一会儿才反应过来那是什么：饥饿。

他聚精会神地吃。黑咖啡。烤吐司抹黄油和草莓果酱。香脆培根。蛋液流溢的煎蛋。牛奶麦片。柳橙汁。他尽量放慢吞咽的速度。他的味蕾似乎能深入到食物的每个分子。事实上，除了味觉，其他感官都消失了——直到面前只剩下一堆空盘子，他才听到顶上音箱里传来的音乐声。深沉悠扬的女低音。某种外国民歌，大概。他突然意识到空荡的自助餐厅里只有他一个人。他记得进来时角落坐着一对外国老夫妻。他们什么时候走的？他完全不知道。那个身穿绛红色制服，脚步轻盈的男服务生呢？一个行踪莫测的忍者。当他端着第二杯咖啡回到座位，桌上的空盘子已经不见了。

他一边喝咖啡一边望着窗外。不远处的海。下方的庭院。一个不规则形状的游泳池，里面没有人，看上去仿佛一只蓝色的肾。泳池周围散布着白色躺椅。东一簇西一簇茂盛的热带花木。世界明亮，清晰，灿烂。为什么没有人？现在几点？也许大家都在午睡。

音乐现在换成了钢琴奏鸣曲。

他开始考虑接下来做什么。**该**做什么。**能**做什么。答案是一片空白。他唯一能做的就是等。他既不清楚过去发生了什么，也不清楚将来会发生什么。但有件事他很清楚：正在放的是贝多芬。

他在宾馆大堂发现了一台自动取款机。他从黑色钱包里拿出那张 VISA 卡插进卡槽。屏幕上建议他重置密码。123456。再输一遍。然后他按下查询余额。1 后面跟了一大串 0。他呆在那里。然后迅速按下退卡键。他左右看看。没有人注意他。大堂空旷得像太空基地。提款机右边是间卖特产和日用品的酒店超市。里面只有一个售货员——他刚在里面转了一圈。他做了个深呼吸，再次把卡塞进去。七个零。他盯着屏幕数了好几次，然后按下"修改密码"，看到"修改密码成功"后取出卡放回钱包。

他又走进旁边的超市。他挑了三套 CK 内衣，黑色泳裤和泳帽，红色人字拖，黑白条纹的 Polo 衫，米色休闲裤，以及一把握起来像长在手里的木柄弹簧刀。他用信用卡付了账。

接下来的几天他无所事事。他在自助餐厅吃饭。在肾形泳池里游泳——他不无吃惊地发现自己**会**游泳。我还会什么？他不禁问自己。他去了海边,但没有下海——出于某种他自己也无法解释的原因——只是在海滩上散散步,或待在茅草顶的遮阳亭里,在躺椅上窝着,一边喝冰啤酒,一边对着海发呆。有时他觉得好像在喝海涛声。他总是随身带着那块金色的小石头。放在裤兜里,不时去摸一下。就像那是护身符。

晚上他看电视。他发觉新闻毫无意义。那些碎片、截取、残缺不全。他喜欢看电影。他找到一个专放外国老电影的频道。他喜欢它们的完整。开头、高潮、结束。像一个真正的世界。甚至比真正的世界(至少比他的世界)更完整。

这一切到底是怎么回事？毫无线索。他尽量控制自己不去多想。但他无法控制自己的梦——他每晚都做噩梦。梦中他要么在逃,要么藏在某个封闭的角落。有**什么**在追他。在缓缓逼近。但他看不清那是什么。某个人。某种力量。某种无形的存在。他挣扎着醒过来。大汗淋漓。颤抖。冰冷的心。似乎噩梦是一座冰箱,把他的心冻住了。他躺在那儿,感觉着心在慢慢解冻。胸口的寒气渐渐消融、蒸发。不止一次,他对这里的炎热感到欣慰。

白天他显得平静而放松。他戴着那副墨镜,趿拉着红色的人字拖,四处游荡。但他从不超过宾馆范围,甚至在海滩上也是——虽然酒店私属海滩的界线只是一道低矮的、嵌满贝壳的石基——就像这是个小国家,而他被禁止出境。

酒店有个图书馆。他是在床头柜上那本服务指南里看到的(附属设施那一栏)。位置不好找:在二楼背面的某个角落,要经过好几个连续的、不可思议的转弯——拐过最后一个转角,他差点撞上一面仿佛巨型巧克力块的棕色双开门。旁边墙上嵌着面中俄双语的铜牌:图书馆 10:00—21:00。

他扭动把手推开门。淡而奇特的咖啡香。低柔的轻音乐。一个长方形的大房间，布置得像某个欧洲文豪的故居。灰绿色的纽扣皮沙发围成一圈。枝形水晶吊灯。地板、护墙板、整排的书架、长桌，都是跟大门一样的深棕色。左边的深处悬着一面绛红的窗帘。窗帘旁的角落有张典雅的小书桌，桌后坐着个女孩。

女孩站起身，微笑着朝他走来。

您好——您要咖啡还是茶？

咖啡——谢谢。

她消失在书桌边的一扇侧门里。他走向书架。

书架分成两块区域：左边是俄文书，右边是中文书。中文书大概有三分之一是古典名著。大部分是俄国小说。《战争与和平》。《罪与罚》。《猎人笔记》。《静静的顿河》。《死魂灵》。《日瓦戈医生》。其余都是侦探小说。福尔摩斯。阿加莎·克里斯蒂。雷蒙德·钱德勒。江户川乱步。有一排绛红色——和窗帘同样颜色——的精装书。作者是两个人：（瑞典）马伊·舍瓦尔 佩尔·瓦勒。陌生的名字。几乎跟他自己的名字一样陌生。他抽出其中一本。绛红色封面没有任何图案，像个笔记簿，只在右上角用银色斜体印着小小的书名。《阳台上的男子》。书名下面用更细小的字体印着金红色的一句话（几乎像某种暗纹，要调整角度才能看清）：有太多无家可归的孤独的人。无家可归。孤独的人。他翻了几页，塞回去又抽出另外一本。《罗丝安娜》。他再次调整角度（把书微微放平）：有没有人在想念着她。

他盯着那句话看了一会儿。那句话里似乎藏着什么秘密。什么针对他的秘密。但就在他觉得马上要解开那个秘密的时候（只要再多看几秒钟），听见女孩在身后说，您的咖啡好了。他转过身，手里拿着那本书，走向茶几。

看到他手里的书，女孩的眼睛亮了一下。他们面对面站着。女孩比他矮一个头，身材小巧玲珑。

罗丝安娜——他们几乎同时开口。就像某种接头暗号。他们又几乎同时笑了。她皮肤黝黑，留着男孩式的短发，厚嘴唇，大眼睛。

你看过吗？他问。

嗯……看过。她说。她似乎还想说什么，但没有说。

好看吗？

好看。她说。我很喜欢。她补充说。

他点点头。她的胸口别着个金色的胸牌，上面写着安娜ANNA。

你叫安娜？

她低头看了眼自己的胸牌，再次露出孩子气的笑容。那是工作名，她说，每个服务员都要取个俄国名。

安娜——卡列尼娜。他几乎是脱口而出。

是的——她说——也是它的一半。女孩的目光落到他手里的书上。

罗丝安娜。他喃喃自语。他们沉默了片刻。为什么这里有这么多……俄国人？在感觉她要转身之前他问道。

因为，我也是听说的，这里是离他们最近的热带海洋。

一个奇异而合理的回答，他觉得。他对她点点头，想再说点什么，但又不知说什么好。

太冷了,他们那儿。女孩说,似乎在为谁辩解,说完又笑了笑。然后她说可以把书借回去看,只要用房卡登记一下。

好的,谢谢。他说。她有个漂亮的屁股,他注意到。

那天晚上他没看电视。他一直在看那本《罗丝安娜》。他看得很慢,几乎是一个字一个字地看。就像得了某种阅读障碍症。看完一句话,立即又重看一遍。但这让他有种特殊的快乐。

在书的扉页上有作者的照片和简介。照片是一对男女的面部合影。不——不是合影。只要稍加观察就会发现,那是由两张照片剪贴而成。右边是个面貌端庄的中年女人,她的眼睛和嘴角都露出极浅(但温暖)的微笑。左边的男人留着络腮胡,脸型瘦长,歪戴着顶黑色的短檐帽,他的眼睛在朝上看,这让他的微笑显

出几分讥讽,甚至阴险。照片下面写着:

著名瑞典侦探小说家。这对夫妇共同创作了侦探小说史上著名的马丁·贝克探案系列。两人从一九六五年开始,每年出版一部以警探马丁·贝克为主角的小说。直到一九七五年瓦勒去世,夫妇俩共创作了十部小说。

舍瓦尔与瓦勒都是坚定的共产主义者,他们决定通过侦探小说对社会进行反思:"我们把创作犯罪小说当作解剖刀,一刀一刀划开资本主义福利国家的假象和弊病。"

翻过这页,小说的第一句话是:

七月八号午后三点,他们发现了尸体。

他一直看到深夜。其间他好几次站起身走到阳台。开始还能听到远处隐约的音乐和喧闹声。最后只剩下了海涛声。他伏在栏杆上,出神地听着海涛声。

马丁·贝克回到房中,脱下夹克、鞋子,

摘掉领带，在床边坐下。

此刻天空已经放晴，纯白的云朵自天边飘过，午后的阳光射入屋内。他起身，开了点窗户，拉上黄色的薄窗帘，然后躺到床上，手枕在头下。

他想着那个从伯伦河床的淤泥中捞起的女孩。

一闭上眼，他脑海里就浮现出她照片中的模样：全身赤裸，惨遭弃尸，还有那单薄的肩膀及一缕缠绕在喉咙上的黑发。

她到底是谁？她想些什么，过着怎样的生活，又遇见过谁？

她年轻貌美，一定有爱慕着她、关心她安危的人，也一定有朋友、同事、父母。不可能有人——特别是像她这般年轻而有吸引力的女孩儿——会如此孤独，连失踪了都没有人过问。

这些问题在马丁·贝克心中萦绕许久。截至目前为止，没有人来打听她的下落，他为这无人关心的女孩感到悲哀，更为此感到不解。或许她曾交代亲友她要远行？果真如此，那距离有人开始关心她到底上哪儿去的那一天,可能还要一段时间。

问题是,究竟还要多久?

他把这段话看了二十遍,然后把书放回床头柜上,关掉床头灯,平躺下来,手枕在头下。他想象自己是马丁·贝克。有没有人在想念着她——他现在知道那句话的秘密了。他盯着天花板,感觉房间里的家具在黑暗中慢慢凸现出来,如同退潮的礁石。有没有人在想念着**我**?问题是,他想,我既是马丁·贝克,同时又是那具无名尸体。这样有可能破案吗——如果侦探和受害者是同一个人?

那天晚上他没有做梦。

第二天他睡到中午才醒。他去吃了个早午餐,然后带着书去了海边。现在他对那些迎面经过的俄罗斯人有了新的感觉。离他们最近的热带海洋。他突然对他们有了某种莫名的好感。是因为同情？还是因为自己跟他们有某种共同点？他想起自己的那趟飞机航班，起点是S城——离俄罗斯不远。

他坐在海边一边喝啤酒一边继续看《罗丝安娜》。依旧看得很慢。看完一章就站起来，光着脚去海滩上走一圈。沙子踩上去暖暖的（他能感觉到脚底板触及的**每颗**沙粒）。海滩上人不多。几乎都是俄罗斯人，除了他跟那个守着冰激凌摊子的年轻男服务生。有个小女孩跟她父亲（应该是）蹲在那里堆沙堡。她扎辫子的金发在阳光下闪耀。她父亲说了句什么，她发出一阵咯咯咯的笑声，清脆得就像薄冰。

他再次抬起头时，发现海滩上已经空无一人。他突然感到一丝恐慌。仿佛世界上只剩下了他一个人。仿佛刚刚还在沙滩上的那些人——以及其他所有人——都一瞬间消失了，或者甚至从未存在过。唯一的证据是那个沙堡。他放下书，起身朝它走去。它已经被涨潮的海水冲垮了大半。天色毫无过渡地暗下来。昏暗中海浪犹如肥硕的白花。风大起来。海涛声听上去似乎跟以往有所不同。他再次感到那

53

种类似晕眩的轻微恐慌。他转身往回走。

三个月后,他们终于确定了那具女尸的身份。罗丝安娜·麦格劳,二十七岁,图书馆管理员。来自美国内布拉斯加州的林肯市。

图书馆管理员?

指认她的是美国林肯市的警探卡夫卡。林肯。卡夫卡。这两个名字也让他停了一会儿。他意识到自己**记得**这两个名字。它们比他自己的名字——如果那确实是他的名字——显得更亲切。他记得自己看过卡夫卡的一部小说——书名好像叫《审判》。(他甚至记得小说的开头:一定是有人诬告了K.,因为他没干什么坏事,一天早晨却突然被捕了。)所以,他想,我听过贝多芬,知道林肯是美国总统,看过卡夫卡的小说,会游泳,喜欢喝咖啡。

但我依然不知道自己是谁。

相比之下,他对罗丝安娜知道得更多。

尸体身份确认后，马丁·贝克收到卡夫卡寄来的一份侦讯笔录，讯问对象是罗丝安娜的一名前男友——前性伴侣，确切地说。

根据这位马尔文尼的描述，罗丝安娜最喜爱的事情包括：独处，看书（她屋里很整洁，有很多书），性交（她每天吃一颗避孕丸，每次都能到高潮）。

卡夫卡：你们的关系持续了多久？

马尔文尼：八个月。

卡：为什么分开了？

马：我爱上她了。

卡：对不起，我没听懂。

马：其实很简单。老实说，我早就爱上她了，是真的，但我们从不提"爱"这个字，谁也不提。

卡：为什么不呢？

马：因为我想拥有她，而当我告诉她我爱她时……就全完了。

卡：怎么会这样？

马：你得知道，罗丝安娜是我见过最直率的人。她喜欢我胜过任何人，她喜欢和我做爱，但她不想和我共同生活，她也绝不对我隐瞒这一点。她和我都了解，我们是为什么而认识的。

……

卡：你会怎么形容她的个性？

马：她很独立，我先前说过了，很诚实，各方面都非常自然。比方说，她从来不戴首饰或者化浓妆。多数时候，她的外表冷静而轻松。不过有次她说，她不愿太常见到我，免得我惹她心烦；她还说很多人都想常常见到对方，不过这对我们而言没必要。

……

卡：她在做爱的兴奋过程中，会使用不同的技巧吗？

马：天哪，你用的是什么词！不，完全不会，她总是以同一姿势躺着，面朝上躺着，臀部垫着一个枕头，同时两腿张得很开，而且还高举。她做爱的态度十分轻松自然、坦率直接，就像她在其他方面所表现的一样。她想要做爱，要的是一次就完全满足，不需要畸形的技巧，而且只用她觉得自然的方式。

卡：我明白了。

他放下书，熄灭灯，躺下，闭上眼睛。几乎是无意识地，他发出一声轻柔的叹息。然后他察觉到自己身上发生了某种变化。那既是某种增强，又是某种缺乏。过了一会儿他才确定那是勃起。

那天晚上他梦见自己从后面进入图书馆管理员。就在酒店那个作家故居般的图书馆。他们都赤身裸体，正对着那面红丝绒的窗帘（在梦中它是更为鲜艳的猩红色）。她双手**按**在窗帘上，身体向前倾，随着他的动作而不时抓紧窗帘。没有任何声音。如同听觉被切除了。他的手托着她的髋部。湿润。温滑。他低头去看。屁股**果然**很漂亮，他想。他又抬起头看看四周。这一切就像是在梦中，他想。他感觉自己可以永远这样动下去。仿佛某种慢动作的舞蹈。当他意识到事情已经发生了。安娜变成了罗丝安娜。头发的长度（湿漉漉地贴在颈背）。冰冷的尸体（微微发蓝）。他的心跳骤然停止。他大叫一声惊醒过来——几乎与此同时，他一泻而出。

第二天他还是带着书去了海边，虽然他正在渐渐失去兴趣。死者的身份之谜解开后——不知为什么——一切突然变得索然无味。如果说他还想继续读下去，那几乎是出于某种责任。至于这种责任的对象，究竟是舍瓦尔和瓦勒夫妇，马丁·贝克，罗丝安娜，还是另一个图书馆员，安娜，他也分不清。

天气很好。没有一丝风。天空如同蓝色深渊。海水呈碧绿色。天际线上有几朵白亮的蘑菇云，就像那边刚发生过核爆炸。他注意到今天沙滩上人比往常多。多了一些年轻女孩。有中国人，也有俄罗斯人。她们都穿着比基尼，三五成群，肌肤不时发出瓷器般的反光。

这些反光增加了阅读的难度。让他分神。他意识到自己在等待、在捕捉那些闪光。他已悄然勃起。(他想起昨夜的梦——那无比真切的触觉——但又立刻强行将它驱出脑海。)他眼睛盯着摊开的书页,但根本没在看。他一边勃起一边思考着欲望(性欲和食欲,主要是)的奇特之处。它们让你既快乐又难受。它们似乎并不真正属于他:它们似乎是外来的,是被强加于他的。它们既像礼物又像诅咒——就像有人给了你一笔钱,但要求你必须尽快花掉。而你并不**总**是知道该怎么花。

那么,这些欲望究竟来自何处?究竟是谁,出于什么目的,给了你这笔钱?他立即意识到,这个问题既是比喻,又是现实。

今晚来玩吗?他去冰激凌摊买啤酒时,那个黑瘦的男服务生问道。

今晚?他有点不明白。

今晚是俄罗斯之夜。他用开瓶器熟练地打开啤酒递给他。每个月的最后一个周六。在宾馆酒吧——你知道在哪儿吗——就在自助餐厅边上。来吧。他眼光朝那些女孩扫了扫,然后盯着他，脸上露出同谋式的微笑。很过瘾的。来吧。

他拿着啤酒回到沙滩椅上，把书放到一边。所以今天是周六。他想。所以他降临的那天是周日。（今天是他到这里的第七天——早晨他接到总台询问是否续住的电话，是的，他回答说，再住一周。）**降临**。是的，这个说法很贴切。他喝了口啤酒，手伸进裤袋，摩挲着那块光滑的金色小石头。他一边喝啤酒一边漫无目地看着那些女孩。有三个中国女孩正结伴走向海里。其中一个肩上披着彩虹色丝巾。他把注意力集中到她们身上。她们停在海水齐腰深的地方，在浪头冲来时发出表演般的欢叫。

当她们回到岸上，他发觉，她们的腿似乎变短了一点。

他感觉好像撞上了什么东西。但是没有——虽然里面很挤。是因为音乐。节奏强劲的音乐把空气变成了某种柔韧的实体。人头攒动。浓烈的香水味。光线既暗又亮——它们来自隐藏各处的一束束射灯——就像洞穴。他穿过人群。似乎不可能找到座位。他转了几圈。强劲的音乐赋予了一切某种连续定格的画面感。冷漠的眼神对接。擦肩而过的裸臂。一堆人在大笑。灯光下一闪而过的身体曲线。

他好像听到有人在叫他（嗨！这儿！）。但他怀疑自己听错了。他停住朝周围看看。几乎大半是外国人。中国人则几乎都是女孩。嗨！这儿！喊声来自吧台方向。是那个服务生。他正在吧台里朝他大幅度挥手。他挤向吧台。

那个服务生看上去跟平常不太一样。

来份套餐？他凑近他耳边大声说。

套餐？他大声反问。

无限量供应啤酒、烧烤，一切——他做了个手势表示一切——只要两百九。他始终在微笑。他似乎控制不住自己的笑容。

记在房费上。他把房卡递给他。

好嘞。他转身游开了，瘦小的身体随着音乐摇晃。看上去像条复活的鳗鱼干。

吧台里拥挤而忙乱。一片嘈杂。有两个高大的金发俄罗斯男服务生。

鳗鱼干再次出现时，手里捧着两大杯泛着泡沫的生啤。他放下酒杯，把房卡还给他，又在他 Polo 衫的胸口位置贴了张手表大小的圆形荧光贴纸，上面是列宁的侧面像。

俄罗斯之夜！他们碰杯时鳗鱼干叫了一声。

他站在吧台边喝完了一整杯啤酒。他的右边坐着个巨人般的俄罗斯壮汉（即使坐着也比他高一个头）。壮汉转过头——他穿件背心，粗树干般的胳膊上文着条喷火的龙——朝他送上温柔得近乎同情的微笑。他注意到，几乎所有人，包括他自己，都在随着音乐缓缓摇摆。你仿佛可以直接仰躺在音乐上——就像仰躺在肾形游泳池。倚着吧台，他不禁闭上眼睛。就闭了一小会儿，他觉得，但也有可能很久：睁开眼时，巨人不见了。空气好像被挖掉了一大块。他坐进那块空隙。

现在他的视野变大了。他能看见几乎大半个吧台区域。吧台一圈坐满了人。水泄不通（偶尔插进几只连着空酒杯的手臂）。几乎全是外国人。俄罗斯人。因为他们的祖国太冷。因为这里是离他们最近的温暖大海。在这里我更像个外国人，他想。一个金发男服务生过来给他加满了啤酒，并笑着指了指他胸口的列宁像。他回以微笑时对方已经转过身。他继续喝啤酒。音乐的鼓点变成了他的心跳，每个人的心跳，整个世界的心跳。继续随波逐流（他又闭了一会儿眼睛）。但这没持续太久。第二杯啤酒快喝完时，他突然意识到有人在看他。

开始那只是一种感觉。就像眼角感觉到远方有光点闪烁。那是错觉？还是某种信号、密码、呼唤？视线来自他的斜前方。来自那儿的一排女孩。大概有五六个。她们既像是一起的，又像互不相识。她们似乎在等待着什么。然后他看见了那条彩虹色丝巾。是她。就是她在看我，他得出结论。就在这时他们的眼神像两具身体那样擦碰了一下。他急忙低下头（就像被她的视线撞倒了）。他故作镇定地喝光了剩下的啤酒，然后向最近的侍者举起空杯。他吃惊地发现自己胸口涌动着一股带有羞涩的兴奋——一股原始而质朴的热流——以至于他的一举一动（或一动不动）都变得僵硬，以至于过了一会儿他不得不假装不经意地再次朝那边张望。她点了支烟。她正在跟旁边的女孩说笑，并不时看他一眼。她们也许在谈论我，他想。这个念头让他既愉快又不快。她们停止了交谈——旁边那个女孩跟一个瘦高的外国男人离开了。现在他们的视线不再像两个擦身而过的陌生人，而更像一对默契的舞者。有意无意。你来我往。周围的音乐和人群突然变得微不足道——就像沉入了海底（或者说是他们浮出了海面）。酒吧变得空旷。他看见她朝自己笑了笑。也许是错觉——因为他其实看不太清——他觉得她的笑容带着某种凄凉。有什么闪过他的脑海。罗丝安娜。有没有人在想念着她？对着带**花纹**的厚玻璃酒杯，他突然有了一个顿悟，就像解开了一个谜：他知道了那个女孩为什么看他。因为她认识我，他想，她见过我，她知道我是谁——也许她甚至在**想念**着我。但反过来，我却对她一无所知。第一次，他感到一种具体的孤独。

当他抬起头，发现那个女孩不见了。就像从未存在过。取代她的是两个丰满艳丽的俄罗斯女郎。他克制地四处张望。音乐和人群卷土重来。时空恢复原状。喧闹。熙攘。几乎让他无法忍受。然后他突然意识到她就站在自己身边，就像某种奇迹或魔法。彩虹丝巾不见了，露出整个光洁圆润的臂膀——她穿着件上部类似抹胸的黑色长裙。他立刻就明白自己错了。不，她不认识他。她的笑容里没有凄凉。她的笑容里什么都没有。她笑着说了句什么，但他没听清。他有种不祥的预感。一种几乎像恐惧的忧伤。他看着她在嘈杂中向自己靠过来，对着他的耳边说：要不要玩一下？

女孩被他的惊醒惊醒了。他紧紧抱住她。他喘着粗气。她扭开床头灯,像妈妈哄孩子那样轻轻拍他的背。

不要紧,她说,是做梦,不是真的。

不,他在心里回答说,那不仅仅是做梦。不,做梦从来都不只是做梦。

他们再次醒来已是中午。他们又做了一次爱。然后他打电话叫了送餐。他放下话筒时她刷地拉开窗帘。光和海涛声一涌而入。哪里传来几声儿童嘹亮的啼哭。

女孩说她叫安娜。

安娜?他反问道。他的咖啡杯停在半空。

怎么了?

没什么。他继续把咖啡杯举到嘴边。他们并排坐在床上,盘子放在腿上。

我妈也叫安娜。女孩解释道,我是混血儿,看得出来吗?我父亲是俄罗斯人——但不知道是**哪个**俄罗斯人。

其实名字毫无意义。她接着说,我们每人都有一个,相当于艺名。安娜。丽莎。罗丝。凯瑟琳。喀秋莎。娜塔莎。她听上去就像在唱歌。唱儿歌。

对。他说。

对?她转过头看着他。什么对?

名字毫无意义。

也不是毫无意义,过了一会儿她说,也许我该换个中国名字。阿美,茉莉,露露之类的。也许那样生意会好点。大部分客人都是俄国佬。他们更喜欢那种黑黑瘦瘦、单眼皮的本地女孩。就像中国人更喜欢俄国妞。你喜欢俄国妞吗?要不要我给你介绍一个?

他缓慢地摇了下头,就像在想什么别的事。虽然其实他什么都没想。

他把咖啡杯放到床头柜。

你是来出差的吗?她问。

他说不是。

还要住多久?

他耸了耸肩。……看情况。

OK。她对他温柔地一笑,似乎对他的回答表示谅解,然后起身把空盘子放到电视机旁。他注意到盘子吃得很干净。

你还想见我吗?她问。她光着身子站在电视机前。虽然她肤色白皙,但还是有淡淡的比基尼印子,就像穿了肉色的内衣。

想。他说。

得知他没有手机,女孩脸上再次露出那种谅解式的微笑。她回到床边坐下,拿起床头柜上的电话按了一个号码。另一个床头柜上的红色小坤包——让人想起硬邦邦的手枪套——响起《铃儿响叮当》的手机铃声。

我已经把我的号码设成了快捷电话。她挂上话筒,又拿起话筒,演示给他看。她按下一个键。你看,她说,只要按这个键就行。

闷声闷气的《铃儿响叮当》再次响起来。就像被囚禁在里面的圣诞老人发出求救信号。

女孩消失后,他觉得房间里好像少了点什么,又好像多了点什么。他看着电视机旁的空盘子，看着皱巴巴的床单，耳边仿佛还能听到刚才卫生间里的各种细微声响：马桶冲水声，不成调的小声哼歌，化妆匣的闭合。

他就这样静静地在床上又坐了一会儿。

接下来一周过得很快。他不慌不忙地继续看《罗丝安娜》。他按了两次电话上的快捷键，两次安娜都在半小时后翩然而至。这两次她都没在房间里过夜。两次他都感到心满意足。

每次安娜离开后他都会想起俄罗斯之夜。更准确地说，是想起在俄罗斯之夜的那个派对上，他最初看见安娜时产生的那种错觉。他以为她认识自己。他以为她与自己失去的记忆有关。的确，他想，从理论上说，鉴于他的失忆症，他遇见的每个人都有可能认识他——在他的上一次，被他彻底遗忘的人生里。而就在他这样想的时候，他突然意识这种说法其实适用于所有人，如果按照所谓的转世轮回：你遇见的,尤其是与你发生深入关系的每个人,其实你们都互相认识——在你们的上辈子,或上上辈子,或之前的无数辈子。只是你们忘了。因为那是轮回转世的游戏规则:彻底遗忘你以前做过的事。

所以也许我已经死了,他想,也许这就是死的秘密:死就是一种失忆。而由此类推,活着也是一种失忆。所以生死,他想,也许只不过是一种连续不断的、接龙般的记忆游戏。

他终于看完了《罗丝安娜》。

杀害罗丝安娜的是一个高大英俊的瑞典中年男子。他体形健美,喜欢驾摩托车旅行,是斯德哥尔摩一家运输公司的部门经理。他与罗丝安娜在一艘旅游汽轮上偶遇。后者——根据她一向的欲望原则——自然而然地向前者发出了直露的性暗示。那就是她受害的原因。因为这个男人——他叫本特松——虽然外表体面健康,对待欲望的态度却极不健康(与罗丝安娜正好处于两个极端)。他对欲望既迷恋又极度厌恶和抗拒,而当这两者互相拉扯的张力达到极致,以至于他的神经因此要绷断或崩溃时,就只剩下一个解决办法:消灭欲望对象。

由于命运的安排(即使是虚构的命运也是命运),那个对象就是罗丝安娜。

但马丁·贝克没有证据。虽然他(几乎)能确定本特松就是凶手。于是他设了一个局。他找了一个性感冷静的女警,假装成家庭少妇去引诱本特松,看他会不会重蹈覆辙。然后我们看到——就像在俯视,就像在观察一只实验小白鼠——后者在欲望的煎熬下,如同强迫症般不停地、无所事事地穿行于斯德哥尔摩的大街小巷。一段绵延而又利落的电影长镜头。街名。店铺。建筑物。面无表情。时间。脚步。转弯。就像在点燃一根看不见的、漫长的、通向地狱之火的导火索。

直到最终引爆。

他合上书,放到一边,闭上眼睛。黑暗中不时浮现出各种颜色——深红,深蓝,深绿,暗金——然后又渐次蠕动着被黑暗吞没。仿佛黑暗和那些颜色都是活的。他睁开眼睛,重新拿起书,在手里啪啦啪啦来回翻动,似乎在找什么夹在书页里的东西。最后他回到书的扉页上,盯着作者照片和简介又看了一会儿。

舍瓦尔与瓦勒都是坚定的共产主义者,他们决定通过侦探小说对社会进行反思:"我们把创作犯罪小说当作解剖刀,一刀一刀划开资本主义福利国家的假象和弊病。"

共产主义者?他看不出这个故事跟共产主义和资本主义有什么关系。(当然,反过来说也成立:没有什么故事跟共产主义和资本主义**没有**关系。)

在他看来,这个故事似乎主要跟欲望有关。或者,更确切地说,跟对待欲望的态度有关。罗丝安娜也好,本特松也好,对待欲望的态度都不正常。一个过于自然,另一个则过于不自然。而两者都导致了他们的毁灭。

他合上书本,又看到封面上那行隐形般的

小字：有没有人在想念着她。现在这句话应该有答案了。是的。当然。当然有人在想念她。但问题是，看来罗丝安娜根本不在乎有没有人想念她。

接下来一周他又按了一次快捷键。但这次安娜说她身体不方便，并坚持让另一个女孩顶替她。结果是个俄罗斯女郎。俄国妞。我叫安妮，她说。能听出她中文不好。不过其他一切都好。

当他——一如以往——从背后进入时，发现她浑圆的右臀上文着一个手心大小的斯大林像。

他去图书馆还《罗丝安娜》，顺便又借了本舍瓦尔与瓦勒的小说。《大笑的警察》。简介上说它是这对夫妻作家的代表作，曾获"爱伦·坡奖"，并入选美国推理作家协会"百部最佳推理小说"。不过这不是他借的原因。吸引他的是书的标题。大笑的警察？为什么警察会大笑？因为破案了？破不了案？或者甚至——疯狂？

出乎他意料的是，这次他和安娜——图书馆员安娜——几乎没有说话。她没问就给他做了杯咖啡。然后他们只是互相笑笑。他本以为他们会讨论一下《罗丝安娜》。不过她的微笑里有某种默契的成分。仿佛他们共同拥有某个秘密。（但那个秘密——即罗丝安娜的故事，他想——又隐含着几分暧昧和尴尬，以至于他们无法放松地公开分享。）喝着咖啡浏览书架时，他想起那个梦。那个发生在图书馆的梦。那个他从后面进入安娜——图书馆员安娜兼罗丝安娜——的梦。他不禁转头看了一眼远处那面红丝绒窗帘。那个梦的案发现场。女孩正低头在窗帘边角落的书桌前低头写着什么。也许我现在就在做梦，有一瞬间他想，也许这一切都是一个悠长流动的梦。

但他立刻就否决了这一想法。

他的生活变得平稳而有规律。白天在游泳池游泳,看侦探小说,在海滩散步,一日三餐都去餐厅。晚上在房间一边喝冰啤酒一边看老电影。当性欲突如其来像张巨网从天而降,他便按下电话快捷键。

有天他突然意识到,自己似乎在以某种神秘的方式复制着罗丝安娜的生活。不是吗?独处。看书。性交。他们最爱的事情几乎一模一样。(虽然就他而言,爱跟别无选择几乎是一回事。)他们对性欲的态度也同样自然——同样**过于**自然。不同的是,罗丝安娜是女人,而他是男人。不,除此之外还有个更重要的不同:他付钱,罗丝安娜不付钱。罗丝安娜为满足性欲而付出的既不是爱,也不是钱,而仅仅是性欲本身。那不符合资本主义的交换法则。

他突然明白了为什么说舍瓦尔与瓦勒是坚定的共产主义者。

钱。

他又去了几次大堂的自动取款机。一方面

是为了取点现金（为了付快捷键）。一方面只是想看看那串数字——它们现在变得像一长串不可能记住的密码。它们让他感到既安全又不安。按照目前的花费水平，他想，如果不出意外，它们几乎可以供他用到永远。如果不出意外。也就是说，如果那串虚拟般的数字不突然消失。如果没有警察（大笑着？）突然来敲他的门。如果……没有人认出他是谁。

因为那笔巨款显然跟他是谁——他**曾经**是谁——密切相关。

他不知道这种状态会持续多久。这种带有飘浮感，真空一般，既像死亡又像共产主义的状态（按需分配）。没有过去，也没有将来。没有回忆，也没有期待。谈不上幸福，也谈不上不幸。

直到在他降临的第五周，发生了一件事。

深夜他被电话吵醒。他拿起话筒。是安娜。他一开始没搞清是哪个安娜。是图书馆的安娜。她的声音急切，带着哭腔。你能来一下吗？她说。怎么了，发生了什么事？他问。你来就知道了，她说，求你了。他问她在哪儿。她回答说就在宾馆前的沙滩上，在有一片椰子树那里。他听见话筒的深处传来海涛声。好的，他听见自己说，我马上就来。

放下电话，他看了看床头柜上的手表——一块在酒店超市买的，银色轻薄的Swatch——凌晨三点五十。

没有月亮。但外面不黑——比他想象的要亮。仿佛空气本身会发出某种荧光。几朵淡紫色的云在天空中移动。远远就能看见稀疏的椰林间有个小小的黑影。不久，黑影上方出现了一个摇晃的光点——是安娜在朝他晃动手机。他加快脚步。到底发生了什么呢？他想。就在这时他突然觉得有哪里——世界的某个部分——发生了变化。是大海，几秒钟后他意识到（他放慢脚步）。大海变大了。海水几乎已经蔓延到了他平常看书的茅草顶的遮阳亭边上。仿佛大海要趁黑夜淹没整个世界。犹疑片刻，他向左拐，向椰林走去。

地上躺着一个阴影。那就是他被叫来的原

因。一个矮壮黝黑的年轻男子。在那种神秘的微光下,他看上去就像尊黑色大理石雕像。我不知道。女孩的声音破碎成一个个短句。他。我不愿意。有块石头。我不知道。她没穿那套绛红色的制服。她穿着件白色的连衣裙,恍若幽灵。他握住她的一只手。别急,他说,不要紧。他们抱到一起。她在微微颤抖。他死了吗?她低声呻吟道(似乎说话让她疼痛),你觉得他死了吗?如果他死了怎么办?

越过她的肩,他看见地上那团阴影的上方,有块不大不小的石头。再往上一些就是海。海水闪烁着,犹豫不决似的扑过来,又缩回去。

我来看看。他说。说完他轻轻推开女孩,走到躺着的男子面前,先站住凝视了一会儿,然后蹲下来,伸手去感觉他的鼻息。

没有呼吸。

他愣了一下。但还没等他反应过来,他已经被一道黑色闪电击中。他侧倒在地上。那具黑色雕像霍然立起。女孩发出一声低叫。紧接着被击中的是他的小腹。然后是肋部。他被踢得翻滚了一圈。

他感到痛（身体的某些地方就像被点燃了）。但也感到兴奋，甚至有种莫名的快感。他觉得自己仿佛裂开了一条缝。躺在那里，通过那条缝，仿佛有股力量从地面源源不断地输入他体内。

间隔应该只有几秒（却又像过了很久）——当那团黑影再次靠近时，他准确而迅猛地拉住了那只飞向自己的小腿。对方绊倒在地上。就在对方跌向地面的同时，他以某种自己都觉得难以置信的敏捷和力度，弹跳到空中，划过一个弧度，直接压到对手身上。正是那一瞬间他看清了男子的脸。借助那种奇异的夜色。一张混合了俊美、粗俗和邪恶的脸。表情恍如面具。狂乱的半长发。眼神散发出兽类的光芒。他挥拳朝光芒砸去。他别无选择——一切都是自动的、连续的。充满速度、晕眩和能量。无法中断。如同某种坠落，或倾泻。就像大瀑布。寂静的大瀑布。他挥拳不止。力量喷涌而出。他听见细微而清晰的咔嚓声。

接下来的一系列动作依然是那种连续的继

续。就像两个配合默契的现代舞搭档,他们流畅地调换了一个方向——男子突然伸手死死掐住他的脖子——下一秒钟他发现自己已经仰面朝天。他无法动弹。就像被一块真的大理石雕像压在了下面——里面。包裹他脖子的那双手不像是肉体,而更像是岩石或混凝土。随之而来的是一种甜美的瘫软。

那把木柄弹簧刀是怎么来到他手上的?他不知道。意识到时它已经在他手里,就像他手的延伸。毫不迟疑,他用尽最后全部气力,将它插入压住自己的雕像。

虽然处于某种失控、动荡的迷狂状态——他不知道自己捅了多少刀,但显然已经超过了必要——他仍然精确地感觉到男子死去的那一秒。有什么离开了他的身体。嗖的一下。就像一缕烟。或者一束光。那就是灵魂,他想,**人是有灵魂的**。证据确凿:压在他上面的肉体立刻就变得不一样了。它被抛弃了。甚至它的气味——一种夹杂着汗味的腥腻——也瞬间失去了活力。他松开手中的刀。到处都黏糊糊的。他一动不动，大口喘气。四周一片静谧。大海在他耳边。就像是活的。一切都是活的，他想。大海。我。不远处缩成一团的白衣女孩。头顶上的椰子树。云。整个世界。一切都是活的。除了他。除了像爱人般伏在我身上的他，这具尸体。

他把房卡递给图书馆女孩，让她去房间拿套干净衣服和浴巾。然后他脱光男子和自己的衣服，把弹簧刀和地上那块石头都放进裤袋，再把所有衣服团起来打了个结。随后他抓起那团衣服——就像拎着一只布袋包裹——向大海走去。他在海水齐腰的地方站住，用力将包裹扔向前方。

天色正在变化。之前那种没有来源的荧光不见了，代之以一种铅笔素描般的灰蒙蒙。海水比他想象的温暖。返回沙滩时，细小干燥的沙粒像蛋糕上的糖霜般粘满他的双脚。

赤身裸体给他一种奇怪的感觉。就像穿了

件别扭的新衣。过于合身。但他已经顾不了那么多（正如他也无暇对自己做这一切时的镇静感到吃惊）。他两只手分别握住地上男子的两只脚踝，将其拖向海中。尸体完全浸入水中的一刹那，他由于浮力而感到一阵轻松。他继续向前拖。直到海水几乎淹没他的嘴。然后他转过身，潜入水底，屏住呼吸，双臂将尸体抱在怀内——就像抱着死去的战友——漂荡着，向更深处走去。其间他踉跄了一下，胸口触碰到死者巨大绵软的阴茎——他开始还以为是某种海洋软体生物。一直憋气憋到忍无可忍，他才用力向前抛下尸体，尸体下落时一只手滑过他的小腿，就像是要挽留他，或者死者复活了。

他迅速游回海面。

当他浮到海面，脑中依次闪过以下三个念头：

整个大海都被血染红了。

不，这不可能。

是日出。

他赤身裸体,在一片猩红中走出大海,就像他刚刚诞生,就像他刚刚离开子宫。

2

时间过得飞快。我到这儿已经多久了？两年？三年？没有了季节和气温的分割——这里一年四季都炎热如夏——时间也变得难以分割，无边无际。就像我每天面对的这片大海。住在**苏联**更增加了这种空寂和单调感。当然，这里的苏联指的不是苏维埃社会主义共和国联盟，而是我们所谓的**苏醒者联盟**。除了有同样的简称（我承认这里有某种幽默，甚至戏谑的意味），两者唯一的共同点是：它们的最高领导者都是俄罗斯人。

我们的俄罗斯领导者是位女性。她叫安娜。对，又是安娜。图书馆员安娜。妓女安娜。领导者安娜。不过，最后这位才是真正的安娜。安娜是她的真名——就像安娜是安娜·卡列尼娜的真名。

我还清楚地记得第一次见她的情形。那是在市中心一幢仿欧陆风格的商务大厦。顶层。十八楼。办公室外镶着一面能映出人影的金属名牌，上面用中俄双语写着：苏联餐饮投资有限公司。如果说这个名字让我怀疑是不是走错了地方——但已经来不及了，带我来的图书馆女孩已经推开了门——那么随后出现的安娜本人则让我松了口气。那是安娜最大的特点：能让人莫名其妙地松一口气。她一头银发，面庞瘦削，满脸皱纹——但皱纹中嵌着一双极不相称的、明亮湛蓝的眼睛；同样不相称的是她挺拔的身形和灵敏的动作，仿佛某种老妪和少女的混合体。总之，不知为什么，她给人一种奇妙的超越感，似乎超越了年龄、性别、国别，甚至她自己本身。当然，那是我后来逐渐意识到的。第一眼见她时，我只是有一种本能的直觉：这个女人能理解（并原谅）你做过的任何事。

安娜盯着我看了一会儿（而我对此没有感到任何不适），然后问图书馆女孩能不能让我们单独聊一聊。当然，女孩说，随后让我放心似的对我笑笑，转身离开了房间。

"所以，你也是**苏醒者**。"她的中文流利得令人震惊。同样令人震惊的是她那种结论式的语气。

"苏醒者？"我不禁反问。**也**是？

"突然醒来，不知道自己在哪儿，也不知道自己是谁——彻底失忆。然后发现身边有个包，里面有现金、身份证明，以及信用卡。对吗？"

"对。"

"而且，"她接着说，"如果我没猜错的话，信用卡里有一大笔钱。"

我没说话。

"你一定奇怪我为什么会猜到。"她微微一笑，"其实很简单。因为我有过跟你同样的经历。"

那是在九年前，她说。她醒来发现自己坐在飞往 Y 城的一架飞机上。跟我一样，她脑中一片空白。时间、地点、身份。一无所知。她的包是红色的。她对包中护照上的名字和照片同样毫无印象。安娜·玛丝洛娃？

"你知道玛丝洛娃是谁吗？"

我摇摇头。

"那说明你没看过托尔斯泰的《复活》。"

她看过。她很快就意识到，虽然她不知道自己是谁，但却知道玛丝洛娃是谁——是托尔斯泰《复活》中的女主人公。而随着时间的推移，她发觉自己还知道更多。她知道苏维埃的历任领导人是谁。她知道苏联解体的准确日期。她知道自己喜爱的奶酪口味（高加索鲜奶酪）。她知道爱森斯坦（《战舰波将金号》）。她知道穆索尔斯基的《图画展览会》（其中穿插全曲的"漫步"旋律瞬间浮现在她脑海）。事实上，这个世界上她唯一不知道的似乎就是她自己：她是谁？她曾经是谁？她做过什么？所有与她过去经历有关的记忆都仿佛被某种高科技手术精确地切除了。

"我后来才知道，那**的确**是一种手术。"她停顿片刻，"不过这个我们待会儿再说。"

她在一家宾馆住了三个月。她跟宾馆的一名俄罗斯厨师坠入了情网。半年后他们结婚了。她从那只红皮包中的神秘信用卡里拿出一部分钱,开了一家俄罗斯风味餐厅,取名为"苏联餐厅"(她丈夫自然就是主厨)。生意好得出乎意料。她发觉自己似乎有经商和领导的天赋。也许那不仅是天赋?也许那跟她失去的记忆有关?不管怎样,她的生意越做越大。她成立了一家餐饮公司。随着Y城俄罗斯游客的日益增多——因为这里是离他们最近的热带海洋——对俄国菜厨师的需求也越来越大。时至今日,Y城几乎所有五星级酒店都设有专门的俄式餐厅,而它们都是由安娜的苏联餐饮投资有限公司来管理。

"除了经商,"她说,"我还发现了自己其他的能力。比如会弹钢琴。比如会说中文——不过,当然,一开始没有现在说得这么好。同时我也发现了自己不会什么。不会做菜,比如说。你呢?你有没有发现自己会什么,有什么特长?"

我耸耸肩。"游泳。"我说,"我会游泳。"我还会杀人。也许我有杀人的天赋,正如她有经商的天赋。

"跟我正好相反。"她抿嘴微笑,"我是在这儿学会游泳的。我甚至怀疑自己以前从未见过大海。是的,以前。我猜,你现在一定跟我当初一样,也经常会忍不住要去想,以前到底发生过什么?"

在某种意义上,可以说她找到了答案。至少是部分答案。由于一次**极其偶然**的机会——具体她以后会告诉我,她说——她发现了自己失忆的原因。那是因为一个叫苏醒者联盟的机构。

"确切地说,它不是一个机构,而是一门宗教。虽然从表面看它很像个机构,甚至像某种投资公司。你交一笔钱,联盟会安排一次秘密的脑部手术——对,手术——切除你所有关于自身的记忆。当你再次醒来,你会发现自己在某个前往陌生地点的交通工具上——通常是飞机,你会彻底忘了自己是谁,你会展开一个全新的人生,带着全新合法的身份证明,以及——最重要的——比你当初所交的钱多几百倍的一大笔钱。"她停顿一下,蓝色眼睛凝视着我。"那正是我们所经历的,不是吗?"

见我有点呆在那里,她笑着摇了摇头。"我知道这听上去不可思议,"她说,"甚至像某种骗局。我一开始也不信。不过那只是因为我们习惯了从世俗的角度看问题。是的,如果苏醒者联盟真是个投资机构,那么这的确像骗局,或者至少有可能是骗局。但就像我说的,它并不是投资机构,它是个宗教组织。它是一种——**信仰**。如果我们不是从世俗,而是从信仰的角度去看,一切就很好解释了。对比一下你就会发现,其实所有的宗教信仰,都遵循着同样的模式:投入今生,获取来世。佛教。基督教。任何宗教。全都如此。那也可以被看成一种**投资**,不是吗?你在这辈子、这个世界投入虔诚、崇拜、戒律、善行,等等,以获取在另一个世界的极乐。佛教称之为修来生。基督教是上天堂。作为投资回报来说很划算,不是吗?相比之下,苏联——我们将苏醒者联盟简称为苏联——那看似难以置信的资金增值就显得太平常了。毕竟再多钱也买不到极乐世界。极乐世界是无价的。"

"但这种投资有个问题——虽然问题这个

词，对信仰而言是一种亵渎。"她停顿几秒，仿佛在考虑该怎么说。"你会发现，跟世俗投资不同，所有宗教信仰的回报都无法证实。因为那些回报都发生在另一个世界。而那个世界与这个世界是完全隔绝的，信息无法在两个世界间互相传递。来世也好，天堂也好，你都不可能在这个世界找到它们存在的确切证据。从本质上说，苏醒者也是一样。一旦你醒来，就意味着你到了另一个世界，一个与过去的你彻底无关，也无法联系的新世界。"

"所以，也就是说……"我竭力理出一条思路，"也就是说，这种苏醒跟**死**差不多。"

她愣了一下，似乎有点意外。"也可以那么说。因为，对于任何一种宗教，死都是**不死**。只要是宗教，只要是信仰，死就并不意味着消失，而是意味着重生，复活。所以对，你说得没错，就宗教信仰而言，死，就是苏醒。"

"但这种苏醒，或者说复活，怎么都无法在**这个**世界被证实。"

"对。"

"可那就意味着，"我接着说，"从逻辑

上看,这种宗教上的复活既可能是真的,也可能是假的——可能只是个巨大的骗局。"

"你说得很对。"她的表情突然变得温柔而肃穆,"那就是为什么所有宗教都极端强调相信的重要性。基督教说因信称义。佛教说心诚则灵。苏联也是。要成为真正的信仰者,首先必须相信,不管事情听上去多么荒谬。水上行走。死而复生。失忆手术。在宗教中,没有什么比相信更重要。因为相信——无条件的相信,无须任何证明的相信——是信仰存在的基础。没有它一切都无从谈起。事实上,那也是宗教最迷人的地方,甚至可以说,那就是宗教之所以必须存在的真正原因:因为在这个什么都无法信赖的世界,人们永远渴望有样东西可以让他完全彻底地去信任,去依靠。"

"即使……那可能是个骗局?"

"不,不——"她露出宽容而自信的微笑(脸上的皱纹随之摇曳),"如果相信就不是骗局。如果相信就**不存在**骗局。在某种意义上,相信本身就是一种真实,一种得救。更何况,虽然缺少确切的证据,但只要是信仰,就一定会有使者。比如说我们——我们就是苏醒者联盟的使者。"

"我们？使者？"

她坐直身体，双手交扣放在桌上。"那是全世界所有宗教的另一个共同点：传播性。所有宗教都自发地渴求被传播，从而也会自发地产生传播者。既然苏联是门宗教，自然也不例外。绝大部分苏醒者都不知道自己是苏醒者。他们自己不知道，别人也不知道。那就像转世之后会忘了前世。就像天堂有去无回。但由于某种机缘，某种既偶然又必然的机缘，总有个别人会发现这个世界的秘密，他们就会，怎么说呢，几乎被迫地、别无选择地，成为某种信仰的使者，或者说使徒。圣徒。比如说玄奘，比如说圣保罗，比如说——"她停顿一下，向后靠到椅背上，"**我**。"

所以她，圣安娜，就是我此刻所在的地方，苏联中心的缔造者。在获知了自己失忆的秘密之后，她很快就成为苏醒者联盟的核心人物之一。由于她卓越的领导才能和领袖魅力，苏醒者联盟的影响迅速扩大。先是在 Y 城，然后是全省、全国,渐渐在国际上也声名远扬(因为有很多俄罗斯信徒)。四年前,她以低廉的价格收购了一幢位于远郊海边的烂尾楼酒店,将其改造成了苏联在 Y 城的总部。这家酒店在建好封顶后投资方突然破产,于是整幢建筑被中途废弃在那里:一座正对大海、外立面呈内弧形的混凝土大厦。虽然水电系统已铺设完毕,但整个建筑内外都还是水泥毛坯的半成品。然而你不得不承认,圣安娜独具慧眼。这不仅是指它近乎白送的价格,更是指它所具有的**宗教感**。它耸立在一片周围荒无人烟的悬崖峭壁上(离最近的小镇有十里路,从市中心开车过来则要近五十分钟)。安娜第一次带我来的时候,当我透过车窗远远看见它灰色的轮廓孤零零地出现在海平面上,我的第一印象是那像座欧洲中世纪的古堡或修道院。走近了看更为震撼。说是改造过,但乍看上去一切似乎都原封未动:无比庞大而又粗糙赤裸的水泥表面,简洁洗练的几何线条,由下至上层叠递缩的剧场式结构。没有丝毫日常生活的迹象。在一片荒凉、空旷和死寂中,充满暴力感的巨浪永无止息地拍打着与建筑仿佛合为一体的陡峭悬崖。给人的感觉既像是某处远古的巨型遗址,又像是科幻电影中未来的宇宙飞船基地。事实上,直到今天,在这座建筑里生活了这么久之后,我仍然有那种感觉,或者说那种感觉更强烈了:这里似乎要么属于过去,要么属于将来,唯独不属于现在。

颇具讽刺意味的是,就我个人而言,情况正好相反:我只属于现在。我没有过去,也感觉不到将来。有时我会莫名地产生一种怪念头,仿佛我的过去和未来都献给了这座被戏称或者说昵称为苏联的荒凉大厦。不,请不要误解,我从来都不觉得自己是苏联——苏醒者联盟——的所谓使者(更别说圣徒),即使安娜坚持那么认为(按她的说法,那不是一种选择,而是一种**被**选择)。对于她的理论,或者说信仰,我与其说感到怀疑,不如说感到茫然、不知所措,特别在一开始。我当初之所以接受安娜的提议住到这儿,主要是因为无处可去。我不想一直住在宾馆——尤其是**那座**宾馆,尤其在发生了那件事之后。不管那算不算正当防卫,哪怕没有留下任何痕迹(并且除了我和图书馆女孩无人知晓),但我知道,在尸体消失于大海中的那一刻,我就已经成了一个潜在的逃犯。既然如此,还有什么地方比这里——宛如世界尽头的苏联中心——更适合隐藏?

我的房间就在安娜办公室的隔壁。整幢大楼有八层,我们两个房间位于第七层的正中,相当于拥有最佳海景的酒店套房。正如我之前说过,这里一眼看上去就像根本未经改造,似乎还停留在毛坯状态。但其实那是一种错觉。建筑的外观确实保持了原状,但内部所有空间都经过了巧妙的装修——一种看上去仿佛没装修过的极简工业风格:地面、墙面和天花板都是某种光滑的灰色水泥材质,配以宽大明亮的全景玻璃窗。这种装修比想象的舒适,也比想象的昂贵。我几乎立刻就喜欢上了自己的房间。它简直就像个嵌在一面正对大海的石壁上的现代化洞穴。房间里只有几样必要的家具和电器。直接放在地上的双人席梦思。挂在墙上的巨大液晶电视。一张有着漂亮木纹的法式书桌。一把优雅的索耐特摇椅。虽然被一片灰色围绕，但由于空间视线开阔，并不觉得压抑，相反，任何一点颜色都因此而显得更加醒目而深邃。比如远方如蓝色刀刃般的海平线。比如一天中不同时段射入屋内的光在角度、亮度和色彩上的变化。比如，摆在桌上的一只水果或某本书的封面。

我花了很多时间看书。看海。看云。看老电影。因为大部分时候我都无所事事，甚至穷极无聊。唯一的例外是每周一举行的苏联聚会。聚会场所就在苏联中心的一楼——那是安娜买下这里的主要用途之一——原本用来做酒店大堂的空间变成了一个可容纳数百人的会议厅。同样是光滑混凝土的灰色风格。一排排电影院似的黑色皮座椅。铺着红丝绒桌布的主席台，上方悬挂着一面巨幅的瞳孔特写照片，那是苏醒者联盟的图腾标志——看上去就像某种太空星系的图片（中间的黑色圆球令人想到吞噬一切的黑洞）。每个周一的早上七点，安娜的那辆黑色陆虎就会准时出现。半小时后，三辆满载着苏联信徒的大巴车抵达大楼后侧的停车场。信徒们有男有女，有老年人也有年轻人，有本地人也有外地人，有中国人也有外国人，高矮胖瘦，各有不同，相同的是大家都套着一件款式像手术服、长及脚踝的深灰色麻布长袍。当他们在大厅坐好，从台上看下去，简直就像一群灰压压的联合国囚徒。坐在主席台上的我们也身着同样的长袍，不过是黑色的。这里的我们是指圣安娜，她的贴身秘书兼司机安德烈，以及我——那是让我住在苏联的交换条件：答应在信徒面前以苏联使者的身份出现（但在我的坚持下，我始终都戴着墨镜）。我什么都不用做，只要坐在主席台上，跟信徒们一起冥想，聆听圣安娜的讲道，并接收她的**信号**。

如果说一开始我只是觉得安娜有种特殊的魅力，在参加过几次聚会之后，我对她的感受就只能用神奇和不可思议来形容。而那也解释了为什么苏醒者联盟会有如此众多（并有越来越多）的虔诚信徒。在他们眼里，安娜就是一个神。或者至少是神的代言人。这并不能怪他们。安娜身上确实有某种无法解释之处。首先是她的讲道。当她的声音通过麦克风回响在灰色的水泥大厅,听上去既庄严又柔美,少许的外国口音使其显得更为神秘、宁静,充满哲思,仿佛一只看不见的大钟,将在场的所有人都笼罩其内。光是听她的声音似乎就已足够,就足以让人心醉神迷,更何况那声音传达的内容也同样引人入胜。她的讲道是一种由故事、新闻、引言、拉家常、神话传说、哲学、科学、艺术、历史,甚至菜谱等等组成的超级大杂烩。从《圣经》、佛经、《道德经》、《西藏生死书》、《薄伽梵书》、《纽约时报》、流行影视剧,到《追忆似水年华》、《梦的解释》、《彩票宝典》、《时间机器》、孔子、马克思、尼采和陀思妥耶夫斯基。(不过,这些材料虽在来源上显得极度自由和随心所欲,却都如行星周围的卫星带一般环绕着两个主题:记忆与复活。)

但最令人折服的还是她的信号。那也是整个聚会仪式中最离奇、最令人着迷的部分。虽然她称之为信号,但其实那更像是命令,或者说魔咒。她先是让大家闭上眼睛,同时打开脑中的想象之眼,去全神凝视苏联的巨型瞳孔标志,直至整个人都被吸入那个标志,被吸入那个黑洞般的眼球——那就是信号源。正是在那无边的黑洞中,安娜柔美的声音回荡着,发出各种指令。现在,你们的双脚将无法移动。现在,你们将感到一阵微风。现在,你们的身体将随风摇摆:向左,向右。诸如此类。那真是一种奇观。顷刻之间,数百人就都成了任由摆布的牵线木偶。即使那时安娜命令我们起立转身出门,然后一个个依次跳进大海,我们想必也会照办。那里有种特殊的幸福感。一种将自己完全托付出去、让自己彻底被控制的安全感。整个过程大约会持续半小时。之后你会感到某种微微颤抖的**清新**,仿佛心上的积垢被清洗掉了——就像超声波洗牙。

"你想知道其中的奥秘吗?"有次安娜问我。在聚会结束,信徒们返回之后,她常会留下来跟我聊天,有时在她的办公室(整面墙的书架,就像个小型图书馆),有时则一起沿着海边散步。

"其实并没有那么神秘,"她说,"只要稍加训练,你也能做到。"

"我?——你也许高估我了。"

她微笑着摇了摇头。"问题是,对你来说,怎么估计都可以,因为你不知道自己是谁,你不知道自己干过什么,也不知道自己**会干出什么**,不是吗?"

按她的说法,所谓信号,不过是一种变相的集体催眠术。所有的权力,她说,无论大小,无论善恶,都是某种意义上的催眠。从恋爱到竞选总统。从耶稣到希特勒。你知道弗洛伊德在发现潜意识之前是做什么的吗?她说,催眠师。真正的权力,她说,最有效最厉害的权力,就是影响和控制你的潜意识,继而操控你的行为——并让你不知不觉,心甘情愿。

而潜意识的主要成分就是记忆。或者说是记忆——自有人类以来的全部记忆,从所有人到每个人的记忆,巨细无遗到近乎无限的记忆——形成和滋养了我们每个个体的潜意识。是每一点滴的记忆,构成了潜意识的大海。所以从确切意义上说,不存在真正的失忆,甚至最普通的忘记也不存在。因为没有什么会被忘记,即使你**以为**自己忘记了。一切的一切,都完美地封存在宇宙般无限而神秘的潜意识里。

那就是为什么通过催眠可以治疗失忆。

"这么说,我的记忆也可以通过催眠找回来?"我不禁问道。

"理论上当然可以。不过对你来说有点难,因为——"她停顿了一下,"因为你的记忆也是通过催眠失去的。"

就像治疗蛇毒的最佳药物提取于毒蛇,她说,既然催眠是发掘记忆的最佳手段,所以它同时也是埋葬记忆的最佳手段。

"不是说要通过精密的脑部手术吗?"我想起第一次见面时她说的话。

"对,两者并不矛盾。"她微微一笑,"但我不能透露具体细节。那是整个苏联——整个苏醒者联盟——的最高机密。只有最核心的领导层才有资格知道。"她停下来,看着我的眼睛。"也许有一天你会知道,当然,如果你**愿意**的话。"

如果我愿意?我不太明白为什么安娜似乎特别高看我。是因为我跟她有同样的失忆经历?我开始还以为那是我的错觉,但安德烈对我的态度证明那不是。他显然嫉妒,甚至怨恨安娜对我的青睐。他几乎从不跟我说话。当我、安娜和他三个人一起时,他总是对安娜说俄语。当我们的视线偶然相遇,他就会露出一种糅合了嘲讽、厌恶以及无可奈何的奇妙表情。但不知为什么,我觉得我很能理解他的心情。我甚至对他感到莫名的愧疚,虽然我几乎什么都没做。

随着时间的推移,我渐渐意识到,通过某种神秘的方式埋葬记忆——更确切地说,是埋葬某一部分记忆,关于自我经历部分的记忆——不仅是苏联的最高机密,更是整个苏联作为一种信仰的存在基础。那是每个苏联信徒的终极目标。就像基督徒的终极目标(同样也是最高机密,其实现同样无法得知**具体**细节)是通过赎罪上天堂,苏联信徒的最终目标就是失忆(仿佛记忆就是原罪),然后复活,成为苏醒者,从而进入一个美好而崭新的,天堂般的新世界。一切都在围绕这个目标而运转。无论是听讲道、冥想还是接收信号,都是在为这个目标做准备。(尤其是接收信号。对信徒们的说法是那类似于某种清除记忆的术前准备,就像做手术前要清空肠胃,而这与催眠并不矛盾——之所以不告诉他们那是催眠,安娜说,是因为不知情时被催眠的效果更好。)

但至少在有一点上,苏联优于基督教。基督徒,即使是最虔诚最圣洁的,旁人也无法完全确定他(或她)是否真的上了天堂。但前者却可以在众人的注视下确定无疑地进入苏联的天堂——即成为苏醒者。那便是每月举行一次的"苏醒仪式"。作为每周聚会的顶点和最高潮,它在每月的最后一个周一举行。届时圣安娜会当众宣布——如同宣布诺贝尔奖得主——那个月的苏醒者是谁。这位苏醒者,这位每月之星,是由在纽约的苏醒者联盟总部的一个高层委员会(安娜是成员之一)从众多申请者中评选出的。评审标准可以简单地总结为:钱加其他因素。正如我们之前提过的,就像某种投资,要成为苏醒者,要接受切除记忆的脑部手术,你必须交一笔钱。但并非在申请中承诺交纳的金额越高就越容易入选。有时一百万也不行,有时一万就行。因为钱虽然必不可少,但还有其他因素——某些不像金钱那么明确,模糊而神秘的因素。评委会将综合考虑。这点很重要。因为只有这样，安娜说，才能让所有人都有希望——无论富还是穷，强还是弱。那是世上所有宗教都必备的另一个特点：**人人都有希望**。尤其是穷人和弱者。因为他们不仅数量庞大，而且他们的希望更为强烈，更为炽热，从而也更有力量。（我就是个反面例子。我富有，在某种意义上也算是强者，但却几乎感觉不到希望。）

"苏醒仪式"既简单又神秘。被选中的苏醒者在掌声雷动中走上主席台。他（或她）——我参加的第一次仪式，入选者是个身患肝癌、脸庞浮肿晦暗的中年男性富商（传言说通过失忆手术可以治愈绝症，因为当苏醒者重新醒来时，所有的过去，包括疾病，都将被消除殆尽）——将宣读一份，正如大部分宣言那样，简洁有力但同时又空洞无物的《苏醒者宣言》，其大意是彻底抛弃此生的罪恶与恐惧，进入一个美好富足、无忧无虑的新世界。宣读完毕之后，他（或她）就端坐在台上，跟往常一样，和大家一起接收安娜的信号。不同的是，这次结束前安娜会指示说：你们将高高飞起，你们将飘入一团白色芳香的云雾，你们将陷入一段短暂而甜美的睡眠，十五分钟后，当你们醒来，你们的一名同伴已成为无比幸福的苏醒者。是的，你们沉睡，而他将苏醒……

十五分钟后，当我们睁开眼睛，安娜和那个被选中的苏醒者已经消失不见。我们知道他们仍然在这幢苏联大厦。更确切地说，我们知道他们在苏联大厦**地下**的一间岩石密室中，正是在那里，安娜本人，连同一个高度秘密的医生团队，会为苏醒者施行清除记忆的脑部手术。但没人知道那间密室的确切位置。也没人知道密室入口在哪儿。更不用说实施手术的具体细节——前面说过，那是整个苏联的最高机密。

事实上，那间隐秘的地下石头密室是安娜买下这座烂尾楼的另一个重要原因。它并不是后来新建的，而是本来就有——它本来是战争时期军方建在悬崖礁石上的一座小型石头堡垒。它的位置本来就低，建造大楼时又抬高了地基，开发商的原计划是将这个石头堡垒改造成酒店附属的地下秘密高级俱乐部,用来经营一些诸如赌博、脱衣舞之类高利润的非法娱乐项目(这在偏远的 Y 城并不少见)。想象一下,当涨潮后整个堡垒都被淹没在大海里,在嵌入式射灯的照耀下,在歌舞声、零星的掷骰子声、曼妙扭动的女人姿影中,透过那些大小高度不一的窗口,可以看见摇曳闪烁的水波和游鱼——那些窗口是当年用来炮击或射击的孔洞。

自然,这个想象的画面是安娜告诉我的。不过她一直没有告诉我那个废弃堡垒,也就是如今的秘密手术室——信徒们尊称其为**圣室**——的任何情况。也许她终究会告诉我,是的,如果我**愿意**的话。但我并不太愿意。那个秘密对我没什么吸引力。说到底,我已经是苏醒者了,难道不是吗?

我已经记不清第一次跟安娜上床的具体日期。但我可以确定的是,那发生在某次举行"苏醒仪式"后的夜里。她像梦一样出现在我枕边。我们像做梦一样合而为一。她的身体也如同梦一般奇妙:虽然脸上皱纹沟壑纵横,但其他部位却如年轻女人般柔滑。这让我有了双重快感:一方面,她的面孔让我有乱伦般的刺激和不安;另一方面,她的其余部分又让我身心愉悦。(有次我问到为什么她的身体有这种反差,她回答说她也不知道——她醒来就是这样,也许是失忆的副作用,正如大脑遗忘了以前的自我,皮肤也遗忘了以前的皱纹。)

那渐渐成了一种惯例。每个月的最后一个周一晚上,成了我和安娜固定的幽会之夜。而每月另外三个周一的夜晚,则是图书馆女孩陪我度过。(出于一种奇特的巧合——仿佛是特意的安排——月末恰好是图书馆女孩的生理期。)于是每周一的苏联聚会日,对我来说就成了性爱日。这使我坐在主席台上时,常会莫名而持续地勃起。尤其是在"苏醒仪式"上。因为说实话,相比之下,如果说跟图书馆女孩做爱宛若夫妻,那么跟安娜就像出轨偷情。安娜几乎不需要前戏。她的表现与平常判若两人。她不再是那个冷静、超然而无所求的圣安娜,而是周身涌动着一种迫不及待的热切与渴望,简直仿佛要把我连皮带肉带灵魂地整个**吸**

吮下去——那不仅仅是比喻。这是为什么？有时我不禁问自己。是因为刚刚在石堡密室中进行的神秘手术吗？难道那个手术会以某种方式激起她强烈的性欲？难道那个手术就是她的前戏？

总之，不管如何，我在苏联的生活渐渐形成了一种日趋平衡的模式。周一是柔和的喧嚣、主席台、美食、性、交谈，以及让我百看不厌的，那些信徒们各式各样、如同人类学图谱般的平静面孔。其余的日子则是无边的寂寞：像天空一样的海，像海一样的天空，以及连绵不断的书和老电影。为了行动自由，我买了辆四轮驱动的切诺基。有时，我会开车去十里外那座世界尽头般的小镇。不知为什么，我总感觉那个镇子弥漫着一股既世俗安宁，但同时又诡异而超现实的末世气息。也许是因为那些茶馆。在不到五六百米的主街上，一家接一家地密布着十几家小茶馆——其实就是些简陋的棚屋，售卖奶茶、咖啡及蛋糕茶点，价格低廉，却意外地美味。每家茶馆都坐满了人。几乎都是男人，几乎看不见女人的身影。视线所及，都是些黝黑精瘦的中老年男子，他们点上杯喝的，一坐就是大半天，而且大部分手中都有一张印刷粗糙、像密码般布满各种数字的彩纸（后来我才知道那是私人发行的地下彩票）。图书馆女孩告诉我，当地人称这为"老爸茶"——根据当地的风俗，女人在外面干活，男人则无所事事。但感觉上那与其说是来自封建社会的大男子主义，不如说更像是原始的母系社会。也就是说，男人不干活不是因为有权威，而是因为没有权威。也许那就是为什么男人们将兴趣转向了博彩——一种不劳而获的古雅游戏。此外，我还在茶馆学会了一些奇妙的调味法：在绿茶里加一点糖，吃西瓜时撒一点盐。对比产生鲜美。

为了填补我的孤单，有一天图书馆女孩送了我一个礼物：一只幼小的哈士奇犬。它的学名叫西伯利亚雪橇犬。是女孩酒店里一对度假的俄罗斯夫妇带来的大狗生的。所以，跟安娜一样，她也来自俄罗斯。我给她取名叫"小雪"，以纪念她原本的故乡，以及被我遗忘的故乡——那里应该也会下雪。毫无疑问，她是我迄今为止——在这个新世界里——见过的最可爱的生物。她长得很快。一天天地,我看着她从一团毛茸茸、憨态可掬、小天使般的幼崽,变成一个气质高贵、动作敏捷、精灵般的女猎手——可惜这里无物可猎。除了在梦中,我们几乎无时无刻不在一起。我带她去海边散步(对她来说是跑步)。我看书或电影时她就坐伏在我脚边(即使她的无聊也显得优雅)。我们彼此依恋。相依为命。我对她产生了一种**新奇**的情感。这种情感,怎么说呢,比我所知的任何其他东西都更接近那个著名的词:爱。

这个词也让我想起过去。我那遗失的过去。通过某种催眠,某种细节不明的脑部手术,被彻底切除的过去。过去我一定也爱过谁。在这同一个世界里的另一个世界,有没有谁正在想念着我?某个人,或者某条狗。而且,我真的是安娜所说的苏醒者吗?在我多得花不完的时间里,我常常在心底翻来覆去地思考安娜的苏联理论,试图找出它的破绽。但安娜逐一击败了我的疑问。比如说关于苏醒者获得巨额资金的来源,安娜解释说那类似于诺贝尔奖奖金。诺贝尔和平奖与文学奖的奖金,却来自炸药的发明者,你不觉得这很讽刺吗?安娜说。同样讽刺的是,苏醒者联盟的创始人是名出生于十九世纪初的德国教育专家,他因发明了一种风靡全球的记忆增强法而成为超级富翁。

但我仍不甘心。我意识到,如果无法在苏联理论上找到突破口(因为它太虚无缥缈,以至于无从攻破),那么也许我可以从安娜本人入手。安娜·玛丝洛娃。那就是为什么我看了十几遍《复活》。我也看了《安娜·卡列尼娜》和《战争与和平》。但只有《复活》我看了又看。不知为什么,我有种本能的执念,总觉得只要仔细反复地研读这部小说,就能从中发现安娜的秘密。那不仅是因为安娜的姓氏来自小说的女主人公,更因为这个故事本身——从标题就能看出来——似乎与苏醒者有着某种隐约的联系。

故事很简单(正如所有伟大小说那样):一名俄国贵族,聂赫留朵夫公爵,在一次担任陪审员时,发现自己年轻时诱奸过的一名农奴女仆,玛丝洛娃,已经因他而沦落为妓,并由于法院的误判即将被流放。于是他幡然醒悟——仿佛被一道上帝之光照亮——突然看清了上流社会的奢华与肮脏,以及与之相呼应的,下层人民的苦难与纯洁。他决定用自己的行动来赎罪。具体来说,就是为了玛丝洛娃的误判(以及连带着的监狱里的其他各桩冤案)四处奔走,承诺要与她结婚,并最终陪她一起踏上流放之途,来到西伯利亚。

我看的次数越多,越觉得这个故事虚假。是托尔斯泰的天才救了这个故事。他用无比真实、美妙而坚固的细节,遮掩了故事本身的虚弱。有些细节我甚至能背出来。比如"拉车的马头上戴着白布头罩,两只耳朵从布罩孔里露出来"。多么简单而神奇!我仿佛一伸手就可以碰到那两只马耳朵。这样的例子俯拾皆是。但也是托尔斯泰毁了这个故事。因为聂赫留朵夫公爵几乎完全就是托翁自己的写照。他渴望彻底摆脱过去作为贵族的生活与罪恶,开始一种全新的、完全融入劳动人民的新人生。跟苏联信徒一样,他渴望重生。复活。成为某种意义上的苏醒者。然而问题是,对于聂赫留朵夫公爵（托尔斯泰伯爵）的所作所为，无论是他想抛弃的那些人，还是他想拯救的那些人，都感到幼稚可笑。所有人都一眼看出那不过是上流社会知识分子对底层苦难的一种附庸风雅。也许那是一种真挚的附庸风雅，但真挚只会让这种对复活的渴望显得更为可笑，甚至可悲。因此在小说结尾，当看到聂赫留朵夫短暂返回奢华生活——参加西伯利亚将军家的晚宴——时那种几乎身心瘫软的愉悦，我们不禁要发出会心的微笑。（在这里，托尔斯泰作为小说家显然比作为伯爵更高明。）

真正复活的是玛丝洛娃。她脱离了皮肉生涯，摒弃了虚荣的物欲，同时收获了爱情——对象当然不是聂赫留朵夫，而是另一个古怪而深情的政治苦役犯。她最后对聂赫留朵夫说的话，似乎是说给所有那些想改良世界的贵族知识分子听的："您何必再待在这儿受罪呢？……我们什么也不需要。"

我扯得太远了。其实我想说的只是，我并没有从《复活》中找到什么关于安娜的秘密。（虽然我多少有点解开了另一个谜，那就是为什么这部小说读起来让人感觉既虚假又真实，既空洞又迷人，既可笑又伟大。）

真正帮我解开安娜之谜的是小雪。让我来简要说明一下。首先，当安德烈消失的时候，并没有引起我的任何警惕，相反，我感到一阵轻松。安娜的说法是，他被调往了纽约的苏联总部。随后过了不久，图书馆女孩问我能不能借给她七万块钱。当然可以，我说。我问她借钱干什么。为了成为苏醒者，她说。因为安娜找她谈过，建议她提出申请，并暗示她被选中的可能性很大。是的，我当时就感到哪里不对劲，但我想不出反对的理由。毕竟我们的感情还没有强大到足以抗衡她作为苏联信徒的终极目标。（而且，别忘了，很大程度上，我们的关系是建立在一桩凶杀案上。）于是她也消失了。

不，不应该说消失，我对自己说。她还在这个世界，还在这个有冰啤酒、大海、做爱、音乐和托尔斯泰的世界，只是她现在变得更幸福，更富有，也更清白。直到有一天，小雪从海边叼来一样东西。她把那东西放到我脚边，然后端坐在那里，伸着舌头，一动不动，用纯真而无辜的眼神看着我。那是图书馆女孩的项链：在她成为苏醒者的前一周，我把自己的护身符——那块樱桃大小的金色小石头——送给了她，她用细红绳串起石头做成了一条项链。我会永远戴着它，她说，一直戴到死。

那就是此刻我在这里的原因。这间岩石堡垒。这间最高机密的苏联手术室。**圣室**。我是怎么进来的？我是怎样制服安娜，将她赤身裸体用手铐铐在这里的？还是那个著名的词：爱。除了做爱，爱这个词还可以用来做很多别的事。而且，正如我以前说过，我有杀人的天赋。

"所以，这一切都是你乱编出来的？苏联，苏醒者联盟，失忆，脑部手术，复活，一大笔钱，新世界……所有这一切。"

"对。"她耸耸肩，脸上露出近乎慈爱的笑容。"甚至也包括你。"

"我？"我突然想到了什么。"我的失忆是怎么回事？跟你有关系吗？"

她缓慢地摇了摇头。"不——毫无关系。

那正是神奇之处。你就像个神的礼物。你的经历恰好与我编的故事几乎一模一样。你知道那种感觉有多震惊吗?就像自己写的小说突然变成了现实。"

"那么你呢——你的失忆呢?也是乱编的?"

"当然。不过,根据你的经历,我又增添了一点细节——红色皮包什么的。当我从你的图书馆小情人那里听到你的故事,我立刻意识到这是一个绝妙的机会。"

"机会?"

"吸引更多信徒的机会。你就是个活广告,不是吗?再说我自己也对你很感兴趣——现在看来是感兴趣过头了。"她自嘲地哼了一声。"不过,谁不想亲眼看看自己编造的角色变成真人呢?而且你甚至比我编的更加完美。有时我都怀疑或许苏醒者联盟确有其事。或许我编的都是真的。"

"可是……"我竭力理清思路,"……为什么?为什么你要编造这种事情?"

"还能为什么?"她似乎觉得我的问题很

好笑。"当然是为了钱。"

如果说她的故事中有什么地方不是编的，那就是她确实爱上并嫁给了一个在Y城的俄罗斯厨师，他们也确实开了一家叫"苏联"的俄罗斯风味餐厅。不过没多久她就发现丈夫是个不可救药的赌徒。他不仅很快就输光了她从前苏联带来的积蓄，而且还输掉了他们的餐馆。当他在一起神秘的车祸中丧生时（他深夜醉酒驾车开下了悬崖），安娜已经背负了总额相当于一个诺贝尔奖的赌债。

"你看，我总是栽在男人手上。"她表情凄冷地看着我。"我是苏联解体那年来这儿的。我千方百计，花费了无数心机，包括全身整容——把脸整得像老太婆，身体却整得像少女，又在黑市高价换了新身份，目的就是为了彻底抹除我在苏联——不是苏醒者联盟，而是苏维埃社会主义共和国联盟——所做过那些事。我想重新开始。重生。复活。就像玛丝洛娃。但事情没那么简单。有一天我忽然意识到，在某种意义上，我现在做的事跟以前在本质上其实没什么区别。总之一句话——"她叹了口气,"记忆永远不会放过你。"

但记忆似乎放过了我。我在心里说。

"就拿你来说——你以为记忆放过了你?"她就像听见了我在想什么。"是的,从表面看你好像失忆了,你忘记了自己的名字、经历,甚至长相。但你还是你。你并没有真正遗忘你的本质。也不可能真正遗忘。跟所有人一样,你也是被记忆控制的傀儡。你甚至更可悲,因为你是隐形记忆的傀儡。我至少还记得我做过什么。你呢?想想你信用卡上的那笔巨款好了。再看看你对付我的手段。你觉得你以前会是什么好人吗?"

我突然感到一阵悲伤和疲倦。我环顾四周。这里跟我想象的很不一样。除了角落有一面巨大发光的磨砂玻璃屏障(里面是几个不存在的幻影医生,即所谓的脑部手术团队,其实只是一面隐藏的投影屏幕),以及顶部嵌入式的光带照明系统,整个岩石堡垒几乎完全保持了战时的原样。在靠近地面的位置,墙上有一个棺材般的窗口——那是以前的炮口,对着炮口有张石椅,每次安娜就是坐在那儿(她此刻也正坐在那儿,不同的是被手铐铐住,而且赤身裸体),目睹着幸运的苏醒者在半催眠状态中喝下致命毒药,然后躺进石棺窗口。一旦躺下,窗口就会自动被一道坚不可摧的防弹玻璃隔断。不久之后,已成为尸体的苏醒者就会被涨潮后涌入的海潮卷走,前往另一个世界。

"你知道吗,我觉得我并没有欺骗他们。"安娜脸上露出一丝惨淡的微笑。"他们确实去了一个新世界,不是吗?那是你能真正摆脱记忆控制的唯一办法。那就是死。只有死是真正的失忆。只有死能把我们带到一个真正的新世界。为什么其他宗教都有资格可以轻易合理地让人相信,死后可以重生,可以复活,苏联就不行呢?"

说完之后,安娜提议——提议只是个礼貌的说法——我们一起喝下这里常备的毒药,既然圣室的入口已被她不失时机地彻底锁死。

我接受了她的提议。

3

你将在她死去的额头印上一吻。你将看见她的肌肤在死去的瞬间回忆起皱纹。你将让自己躺下。你将听见身后防弹玻璃的密封。你稍稍调整姿势，仿佛准备迎接战斗。你听见隐约的海涛声，恍若来自另一个世界。有多重的世界。一个世界套着另一个世界。你对过去的旧世界一无所恋——也许除了一条狗。对前方的新世界则一无所知——如果它真的有。但不管如何，你已踏上旅程。你已坠入光的隧道。你看到自己侧身躺卧在那里，就像一名专注的、愚蠢的、炮口里的士兵。

大象

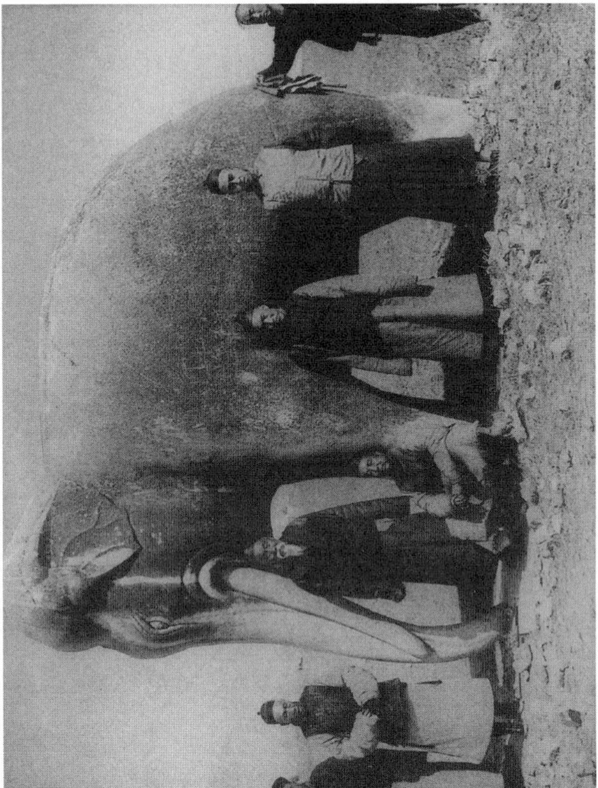

总共有七个人。都是男人。年龄从二十到八十不等。他们之间的关系是个谜。但我们有的是时间。因为他们永远不动。因为这是一张照片。除了七个人,还有一头大象。不,不是真的大象,但看上去就像真的。一尊栩栩如生的石头大象。事实上,大象占据了这个矩形空间(29×21)的大部分。显然——如果说有什么是可以确定的——大象就是这张照片之所以存在的原因:合影留念。你看着他们。那七个男人。你经常盯着他们看。原因既简单又莫名其妙:你想为这张照片写篇小说。仿佛它里面藏着某个秘密,某个跟你直接有关的秘密——而要解开这个秘密,唯一的办法就是给它写篇小说。但毫无进展。无论你何时看向他们,他们都只是回看你。直到几天前,你突然意识到,他们在看的并不是你。他们在看的是另一个你——跟你现在同样的角度,同样的目光:他们在看的是照片的拍摄者。所以,在某种意义上,除了那七个男人,这张照片还包含了第八个人。一个隐形人。一个看不见的摄影师。那会是谁?一个外国人?很可能。一个来自西方的外国人。众所周知,当年拍下这类照片的大多是外国人。那些洋鬼子。

有什么被触动。就像电路接通。黑暗被照亮。

苏珊。苏珊·桑塔格。你从书架上翻出所有跟苏珊·桑塔格相关的书。她写的。写她的。《重点所在》。《反对阐释》。《床上的爱丽丝》。《论摄影》。《火山情人》。《死亡之匣》。《在美国》。《苏珊·桑塔格传》。《苏珊·桑塔格谈话录》。《心为身役》。《重生:笔记与日记》。《激进意志的样式》。《疾病的隐喻》。《关于他人的痛苦》。《我,及其他》——从这本里你找到了答案。

《我,及其他》是部包括十个短篇的小说集。第一篇标题为《中国旅行计划》(王予霞译,黄梅校),开头第一句就是:我打算到中国去。文中有两段引起了你的注意（都与照片有关）：

> 1968年4月，我坐着人力车在金边溜达，联想到自己珍藏的一张父亲1931年在天津乘坐人力车时的照片。他看上去很高兴，有些腼腆，一副漫不经心的半大小伙模样。他正盯着相机。

> 我还有一些照片，都是在我出生之前拍摄的。在人力车里、骆驼背上、小船甲板上、紫禁城墙前。单人照。与他情妇的合影。与母亲的合影。与两位合伙人——陈先生和那位白俄的合影。

你看着书桌上的照片，想象她父亲的那些照片。

显然，这是篇自传体小说。关于她的父母。童年。她的儿子（大卫）。她的阅读。写作。甚至饮食。而这一切都如漩涡般围绕着同一个中心：中国。

根据这篇《中国旅行计划》，再结合她的传记，我们可以得到如下几个时间点。1931：苏珊的父母——来自纽约，都是犹太人——杰克·罗森布拉特（Jack Rosenblatt）和米尔德丽德·雅各布森（Mildred Jacobson）来到中国从事皮草贸易。1933：米尔德丽德从中国短暂返回曼哈顿，生下了苏珊——因此，她是在中国**形成**的。1938：杰克·罗森布拉特因肺结核在天津德美医院去世。（"不知怎么回事，父亲留在了天津。我的生命是在中国孕育的就变得更要紧了。"摘自《中国旅行计划》第28页。）

是的，这就是原因。这就是接通电路的开关。触点。这就是为什么那张照片让你想到苏珊·桑塔格。因为一个念头瞬间闪过脑海——也许，正是苏珊的父亲拍下了这张照片。这样一来，那篇计划中的小说就获得了某种贯穿的线索，某种前进的动力——一直以来，那篇小说都只停留在一个标题上。那个标题是：《大象》。

大象。你长久凝视着那尊光滑、完美、镇定的石头大象。以及在它前面排成一列的七个男人。问题是，你不仅要知道他们之间的关系，还要知道**你**跟他们之间的关系。而你跟他们似乎毫无关系。除了你们都是中国人。你还是对大象更感兴趣。想象一下，如果背景换成别的什么，比如某座建筑、庭院，或山水风景，你可能根本就不会注意到这张照片。正是由于那头庞然矗立的石象（造型简洁，沉重而优雅），以及其后近乎虚无的空白（因为曝光，也因为空旷），才使这张照片——照片中的人，被赋予了一种寓言般的存在感。抽象感。以及神秘感。

大象。你一直喜欢大象。不，应该说你一直**最**喜欢大象。（证据：你给自己儿子取名为象象。）

让你着迷的是大象的那种超然。那种平静。自足。几乎达到宗教的高度。大象体现了一种完美—— 一种不可能。怎么可能仅凭食草来供养如此巨大的躯体？怎么可能既不通过暴力，也不夺取或至少是伤害其他生命，而达到如此强大，甚至坚不可摧？这违反了动物社会的生存法则。尤其是对人类这一高级动物。

在某种意义上，你孕育了自己的大象。或者，更确切地说，是你**参与**孕育了。

但你还是觉得这篇小说写不下去。你和那张照片之间，你们的联结过于平面，过于脆弱，过于私密，缺乏延展或打开的空间。但如果那张照片是苏珊·桑塔格父亲拍的？情况立刻就不一样了。联结瞬间变得立体起来——就像凌乱的星光被连成了星座。首先，如果是苏珊的父亲拍摄了那张照片，就说明他认识照片上的那些人，并跟他们有某种关联。（生意伙伴？买办官僚？都有可能。）那么，经由这位名为杰克的洋鬼子，你也就与他们产生了关联：因为正是这位杰克，孕育了——参与孕育了——你最爱的作家，苏珊。

跟苏珊·桑塔格一样，你也是个作家。一个中国作家。但在某种程度上，你觉得，你的写作，你身为作家的自我，是由美国孕育的。美国的文学、音乐、电影。乃至语言（你还是个译者,译过卡佛和厄普代克)。而你最爱的美国作家却恰好是在中国被孕育的——也许,就在你面前这张老照片被拍摄的那个时空。甚至,还有可能,在苏珊年轻的未来父亲拍摄这张照片时,她怀孕的母亲就站在他身边。于是她便以胚胎的形式进入了这张照片——进入了你的凝视。

视线发生了微微的颤动。模糊。扭曲。某种时空旅行。虫洞理论。你和苏珊:一种微型中美关系。

在对苏珊的众多赞誉中,有一个最令人肃然起敬(也最令人生畏):她被称为"美国公众的良心"。那么,也就是说,这颗"美国良心",是在中国孕育的。另一种中美关系。

现在,你感到,小说开始动起来。

照片的拍摄地点同样支持这一假设,至少在逻辑上。就在不久前,极其偶然地,同样是在北京潘家园的旧书摊(你发现这张老照片的地方),翻看一本叫《皇朝末代京都图录》的旧画册时，你突然看见了一只同样的石头大象。几乎不用多看，就能确定它们显然是同一只。介绍文字说那是位于北京昌平的明十三陵的神道石兽之一。所以，我们完全可以想象，美国皮货商杰克（也许还有他妻子），与他的中国朋友们一道，从天津去北京的明十三陵游玩，并为他们拍照留念。而杰克没有出现在照片中的原因是，照相机是他的，只有他会拍。或者，他和（怀孕的）妻子单独又拍了一张。

听上去很合理，不是吗？

就在这时，你才突然意识到自己遗漏了一个关键点。时间。如果这张照片是苏珊父亲拍的，那么它就必须拍于1931至1938年。怎样才能判定一张照片的拍摄年代？服装。服装是最直接的依据。你看着摆在书桌上的照片。你看着那七个男人。除了画面最边上的两位——最左边的戴着官帽，显然是个朝廷官员；而最右边那个是唯一没戴帽子也没穿袍子的，显然跟其他人不属同一阶层——除了他们俩，其余五个人的着装都遵循同样的规律：光额头上无檐、顶端带小圆球的瓜皮帽（以及由此被暗示的、挂在身后的长辫),棉袍,外面套一件开襟背心。由此可以推断出两点:一、这是冬天;二、这是清朝。后者为我们画出了时间线,即这张照片摄于清朝灭亡之前。

你要上网查一下才知道——是的,你已经忘了——清朝是在哪年灭亡的。1912。1912年1月1日,中华民国于南京宣告成立,孙中山就任中华民国临时大总统。随即,2月12日,宣统帝溥仪被迫颁布退位诏书,清朝正式灭亡。(《末代皇帝》,你想起看过那部电影,导演是贝托鲁奇,他还拍过《巴黎最后的探戈》。)清朝——你继续往下看了几眼——是中国历史上最后一个封建王朝。清康熙、雍正、乾隆统治期间,中国传统社会发展到了最顶峰,人称"康乾盛世",是中国封建社会最后一个鼎盛时期。清朝末年,由于清政府的昏庸无能,先后爆发了鸦片战争、甲午战争、八国联军侵华战争,西方列强大肆侵入,导致中国彻底沦为半封建半殖民地社会……你关掉网页。

1912。

你感到一阵绝望。不是对清政府，而是对你的假设。你那荒谬、疯狂、无知的假设。1931。1912。十九年不可跨越的时间深渊。电路中断。重新陷入黑暗。又呆坐了一会儿，你渐渐平静下来。事实上，你安慰自己说，在内心深处，你始终知道那是不可能的——那张照片绝不可能是苏珊父亲拍的，即使时间相符也不可能。所以无所谓。那本来就是一种牵强附会、自我投射的无聊幻想。无所谓。

再说你并非一无所获。截至上句话，你已经写了——根据 Word 文档显示——3328 个字。无论如何，小说已经启动。哪怕开错了方向。因为正如开车一样，方向可以改变——重要的是让车动起来。

不仅如此，你还有别的收获。你收获了一种新的目光。来自那个看不见的第八个人。那个隐形摄影师——不管他是谁。几天之后，当你再次（鼓起勇气）凝视那张照片，很自然地，你开始想象自己正在用目光拍摄它。仿佛你就是那第八个人。仿佛你认识那另外七个人。那七个男人。而且，正如通常摄影师会做的那样，是你安排了,或协助安排了,他们拍照时的位置。(你们站中间……你过来一点……对,就这样……)

位置?

对,位置——他们在照片中的位置,你惊讶自己竟然现在才意识到这点。这毫无疑问的重要线索。位置。想想大会主席台上的座位排次。位置:他们七人在整幅画面中的位置,他们以身后的大象为参照物的位置。豁然开朗。于是,就像契诃夫说的:一切都瞬间变得清晰起来。

先来看中间这四位。只要稍加观察就会发现,他们恰好占据了大象的整个身躯——显然,他们是这张照片的中心。而这个中心的中心,又显然是四人中最左边这位——他不仅是照片中最年长的,也是唯一面带笑意的(似乎微笑也是一种权力)。事实上,所有人中就数他的表情最为放松。难道还有谁比他更适合,更有资格站在这个位置?是他一手开创了家族生意并经营得有声有色,是他在乱世之中依然左右逢源跟政府和洋人都关系良好。那紧挨在他身侧的象牙,角度前倾,令人想到长剑或长矛,仿佛高悬着护佑他的某种象征性武器。而就在他前面一点的左下方,一个四五十岁的中年男人瘫坐着斜靠在大象前腿上。与老者相比,他表现出另一种放松——一种放弃的放松。无论是他的表情还是姿态,都明确无误地传达出一种冷漠、颓废,一种带有亲密意味的微妙不满、不服,以及不屑。他与那个老人是什么关系?答案很明显:父子。一个是有强烈控制欲、大权独揽的父亲。一个是不被看重、不被信任、备受压抑的儿子。而由此一来,另外那两名年轻男子的身份也就昭然若揭:他们是老者的另两个儿子。年纪最小的显然是站在中间那个,七人中他表情最为生动。皱眉撇嘴,僵着脖子,显得桀骜不驯——典型被宠坏的、吊儿郎当的公子哥儿。他在照片上的位置就是证明。那不仅是最具心理安全感的位置,而且也恰好是大象哺乳的部位(当然,有象牙表示这是公象,但总的来说,大象给人一种超越性别的感觉)。顺着这一思路,在他右边的哥哥就正好处于大象生殖器的位置。相比之下,这位兄长表情和站姿都显得呆滞,甚至有几分迟钝和愚笨。但这很可能只是假象。因为除去他所站位置的弗洛伊德式暗示,至少还有一点表明了他的重要性。那就是服装。所有人中他的服装看上去最高级。只有他的背心是浅色,虽然是黑白照,但感觉像华贵的金色绸料,唯一能与之媲美的是老者的深色长袍,它同样由于反光而显出绸缎的质地。不难看出,这对分别站在象头和生殖器位置的父子间有某种呼应。简单来说,就是大家都心中有数,这位次子已被老爷子钦定为接班人。在老者眼里,长子心高气傲,急于求成,缺乏城府;反倒是这个次子,虽然外表憨厚木讷,其实却颇有心机——从他对付女人的手段上就能看得出,这也让老爷子不无得意地想到自己……

你又看了一遍上面这段,对自己的研究成果感到某种程度的满意。是的,情况一目了然：他们不可能**不**是父子。为了更进一步，你设想在画面上只有他们四个人——你动手拿起桌上的两本书（都是桑塔格的，其中一本是《我，及其他》），将位于照片两端的那三个人分别遮掉。但不。效果跟想象的正好相反，没有了大象之外的其他人，没有了那种被大象分隔开的区域感，这四个人的关系反而变得模糊了，失去了之前的清晰和确定。而且，不知为什么——也许是整个画面太满了——那也让照片一下子显得平庸不堪，失去了原先那种散发出飘浮和寓言意味的神秘感。你把那两本书移开。

因此，让我们来看一下这三个人。

我们前面说过，位于照片最两端的两个男人与其他人着装有所不同。先来看最左边戴官帽这个。正是他彻底破坏了你的"苏珊设想"。因为他的存在意味着清朝的存在。他显然是个最底层的低级官员——也许是专门负责接待洋人的解说员。他相貌端正，神情似笑非笑，像是一种表示顺从的不知所措。如果说他依然象征着某种体制性的暴力，这种暴力也是被驯服、被掌握的——尤其是对于他面前那个我们看不见的拍照者。而拍照者同样是暴力的代表：来自西方的暴力，如果我们按之前的假设，暂定他是个洋鬼子。接着，由此引发，我们很容易就会观察到照片中另一个暴力象征，那便是位于画面最右端的那个男人。他没戴帽子，一身黑衣短打扮，一看就是个武夫。他的表情在缺乏表情上可与那位坐着的长子媲美。他一只胳膊斜撑在大象屁股上，手里握着或压着一根类似手旗或短鞭的东西——看上去神似大象的尾巴。不难推断，跟照片上的其他人相比，他属于更低等的阶层。比如……车夫？但问题是，如果是车夫，为什么要让他出现在照片中？所以，或许他从事的是某种特殊职业，并由此而超然于各阶层之上。比如……保镖。这也说明了他神情中那种微妙敌意的来源：他很可能曾参加过义和团，因而对洋鬼子深感厌恶。于是，在这里，我们看到一个暴力的三角形：顶点是那个隐形的西方侵略者兼摄影师，两边一端是行将没落的政府官员,而另一端是曾为义和团的民间镖客。这个三角形把大象及中间五个人包围起来、框起来,使本来二维的照片平面产生了某种立体纵深的三维效果——无论是从物理还是精神意义上。

现在还剩下最后一个。也就是站在官员旁边那个。年龄六十开外,在所有人中仅次于老者。一副典型的受雇者表情:讨好,憨厚,同时小眼睛及其对比强烈的巨大眼袋又流露出几分精明狡诈和操心劳神——毫无疑问,他是个管账的。

这就是全部。

这就是全部。全部七个人。八个人——算上摄影师。但也可以说这才是开始。或者说这使开始有了可能。因为一旦确定了人物关系,便如布下一张蜘蛛网,故事就会像飞虫般自投罗网。现在,你甚至相信,自己可以为这张照片写一部长篇小说。当然，你并没有真的打算写。那只是个游戏般的念头。你想起 W.G. 塞巴尔德那些关于二战幸存者的小说，文本里穿插着许多真假难辨的黑白老照片。你从一篇评论里读到，那些照片其实都是他从类似潘家园的欧洲旧货市场淘来的，也就是说，它们跟小说中的故事完全无关，虽然从表面看两者契合得天衣无缝。对此你一直有个疑问：到底塞巴尔德是先有了照片，然后根据照片去虚构故事，还是根据故事再去寻找照片？或者两者兼有？

此刻，你突然对那个疑问有了答案。对，塞巴尔德一定是先有照片，然后再根据照片去编织故事。尤其是那些人物照和生活照。以及合影留念——就像你面前这张。他必定也曾像你一样，长久地凝视着手里的照片，凝视着照片中那些陌生的面孔，凝视着他们的衣着、神情、姿态、**位置**，以便让图像与想象发生化学反应，从而显影出某个隐藏的故事、隐藏的秘密，某个跟自己内心深处直接相关的故事与秘密。就像在玩一个悲伤的游戏。

是的，游戏。你已经做好了让游戏开始的准备。你已经可以开始编织故事，就像塞巴尔德那样。你看着那七个男人。不，八个男人。现在他们之间的关系一目了然。现在你要做的，就是将他们进一步具体化。让我们从最重要的角色下手。当然，那就是老爷子。首先，比如说，姓什么。李老爷子？陈老爷子？（不知为什么，后一个听起来似乎更顺耳。）再比如说，老爷子做的是什么生意？什么生意会需要保镖？绸缎？药材？珠宝？或者……皮草？

皮草？

你突然呆在那里。皮草。这个有魔力的词。谜团迎刃而解。所有错误都通向正确。你那失败的苏珊假设，1912与1931，你对照片上人物关系的福尔摩斯式解读——一切都在瞬间构成一个完美的整体。瞬间。电光石火。几乎超越了时间。回过神，你做的第一件事就是抓过那本触手可及的《我，及其他》，翻开那篇《中国旅行计划》，找到不久前才被划过线的那句话。

我还有一些照片，都是在我出生之前拍摄的。在人力车里、骆驼背上、小船甲板上、紫禁城墙前。单人照。与他情妇的合影。与母亲的合影。与两位合伙人——陈先生和那位白俄的合影。

关键在最后一句。两位合伙人。陈先生。白俄。不错，苏珊父亲不可能1912年在明十三陵拍下那张合影，因为从逻辑上说不通（那时他才六岁，还在纽约），但这并不代表他跟那张照片就毫无关系。是的，没有直接关系，但却可能有间接关系。我们完全可以设想，那位白俄就是那第八个男人，那个隐形的摄影师，而陈先生——这也解释了为什么你下意识里觉得"陈老爷子"更顺耳——就是照片中站在大象生殖器位置的那个次子。

一切都联结起来。

1912年元旦那天阳光灿烂，空气寒冽。陈老爷子一行人抵达京城已有几天。这其中包括他和自己的三个儿子，账房总管，押货的镖师，以及他最近结识的一名俄国洋鬼子——他们已决定成为合伙人。此行的主要目的，就是为欧美市场购置一批高级皮草。同时他也可以带几个儿子——主要是次子——熟悉一下业务。他们从天津出发，历经草原戈壁，最终来到北京。几乎在地图上画了一个圆圈。所幸一切顺利。为了庆祝采购之旅圆满结束，陈老爷子提议离京之前找个地方游玩一番。但去哪儿呢？天坛长城后海都已去过多次。还是洋鬼子灵机一动（他是个中国通），提议说要不去昌平的明十三陵。不错，在这大清即将亡国，即将走入陵墓之际，还有什么比去参观被其推翻的上一个王朝的陵墓更为合适？

这个俄国洋鬼子的一大爱好是拍照。他坚持要带那个笨重而神秘的鬼影盒子上路，以至于他们不得不为此多雇了一头骡子。不过，他们很快就明白了那其实并非什么摄魂法术，而更像某种游戏。因此，当日在神道石兽的那尊大象前排好位置，大家都显得气定神闲。

咔嚓。

就像我们在电影中常看到的，随着咔嚓一声，场景突然定格成凝固的画面：一张照片。这种瞬间的定格总会散发出某种命运感。他们各自将会有怎样的命运？可以确定的一点是：他们都将被剪掉辫子。也许老爷子除外。也许他因旅途劳顿，回津后便一病不起一命呜呼。长子则鸦片成瘾，终日卧榻，成了个废人。小儿子几年后为了一个妓院的相好，与人斗殴丧命。不出所料，次子陈二爷接管了家族产业，皮草行生意兴隆蒸蒸日上——他与洋鬼子合作愉快。老总管继续负责管账，直到被发现在账目上动手脚而被无情解雇。镖师在一次与洋人的冲突中被枪杀身亡。那个清朝小官员？也许依然在十三陵任职，只不过随着政权更迭，换了好几身制服。

唯有大象屹立不动。一如既往。

不过，你想，以上那些终究都不是关键。在这个故事游戏中，它们不过是作为模糊背景的一些无伤大雅的猜测。因为在这个游戏中，最重要最本质的核心是关于苏珊。因此在这里我们唯一必须加以确定的假设是：在拍下这张照片的十九年后,照片中的次子陈二爷——也就是陈先生——和拍摄这张照片的白俄洋鬼子,将会结识一个新的合伙人,一个来自美国纽约的年轻人:杰克。

但不幸的是,你很快就发现了这个假设里的又一个破绽。那就是"白俄"。你在百度百科上看到,白俄是指1917到1920年间,在十月革命和苏俄国内革命战争爆发后离开俄国的俄裔居民——主要包括沙俄旧贵族、知识分子、商人地主,以及各种反苏维埃政权的官员。在"中国白俄"的小标题下有这样一句话:十月革命一声炮响,给中国送来了马列主义,同时也给中国送来了俄国难民(即白俄)。所以,很显然,这就意味着在1912年拍下那张照片的不可能是苏珊父亲的白俄合伙人——因为那时还根本没有所谓的"白俄"。不过,你立即又意识到,这个破绽并非什么大问题。它甚至都算不上破绽。事实上,它反倒揭示出这张照片、这个游戏、这篇小说真正,也是唯一的秘密所在。那就是**陈先生**。照片上那个被弗洛伊德式无意识地安排站在大象胯部的年轻男人。陈老太爷看重的次子。表面忠厚，实则圆滑精明的未来继承人——以及苏珊父亲的未来合伙人。至于照片的拍摄者究竟是谁，是不是洋鬼子，其实根本无关紧要，不是吗？因为那第八个男人，那个看不见的摄影师，他的存在，他的目光，只是引领我们走向秘密的通道，而非秘密本身。

这个秘密可以总结为：到底是什么，将我（这篇小说）与这张照片连接起来？回答是：照片上的陈先生与苏珊·桑塔格间的关系。

你突然想到了什么。就像回想起昨夜在梦中解开的某个谜。你再次打开那本《我，及其他》。再次翻开那篇《中国旅行计划》。你把它从头到尾又看了一遍，发现只有两处提及陈先生。一处是之前提过的那个划线段落，另一处则出现在中译本的第 13 页：

我四岁时，父亲的合伙人陈先生在他第一次，也是唯一的一次美国旅行期间，教我怎么用筷子吃饭。他说我像中国人。

……

母亲看着，表示同意。他们是一同乘船来的。

他们是一同乘船来的？你突然警觉起来，就像猎犬嗅到什么可疑的踪迹。那时从天津乘船到纽约要多久？一个月？半个月？总之不会很快。而所谓**他们**，是仅指她母亲和陈先生，还是也包括她**父亲**在内？根据这里的上下文推测，陈先生的这次美国之旅，苏珊父亲似乎并不在场——他应该是留在天津打理生意。所以，也就是说，是她母亲单独和陈先生一起度过了漫长的海上旅程，甚至很可能在他美国旅行期间也始终陪伴左右。这难道不有些奇怪吗？

你想象他们三人一起吃饭的情景。四岁的苏珊正艰难而可爱地用筷子跟盘中的食物搏斗。身着西装的陈先生不时耐心地伸手加以调整与指点，用那种模仿小孩子的温柔语调和不标准的英文发音（这样……握住这里……对，再上来一点……）。米尔德丽德静静地、面带微笑地看着他们。苏珊终于成功夹起了一片蔬菜。陈先生鼓掌叫好。知道吗，苏珊，你长得很像中国人，他说。听到这句话，苏珊抬起头看着母亲。母亲的笑容稍稍扩大了一点，但不知为什么，看上去带着几分哀伤。是的，她点点头，很像。说完她和陈先生交换了一个眼神，然后相视而笑。

四岁的苏珊注意到他们的眼神了吗？想必没有。虽然她永远记住了那句话。他说我像中国人。不过，他们真的交换过那种暧昧的、表示共享有某个秘密的眼神吗？他们真的曾彼此对视，并相互送上那种带有伤感及亲密意味的微笑吗？或者，更直接地说，他们真的是一对秘密情人吗？

如果这是真的，那你就是全世界第一个发现这个秘密的人。没有任何传记、访谈或资料显示苏珊·桑塔格的亲生母亲曾有个中国情人。也许学者们并不认为这有什么重要。正如他们也并不在乎桑塔格的父亲是否有个中国情妇。而他的确有。大家也许还记得,在苏珊拥有的他父亲的旧照片中,有"与他情妇的合影"。她怎么知道那是父亲的情妇?只可能是母亲告诉她的。既然丈夫能公开拥有一个中国情人,她为什么不能也有一个——而且是秘密地?

当然,你承认,这并不能真正说明什么。但你还有一个更关键的证据,那就是苏珊父亲的死。

《中国旅行计划》初看起来就像个谜。是的,这是篇自传性小说,但你似乎搞不清它到底想说什么。它由上百条长短不一,由空行分隔开的片段组成。这些片段包括意识流、格言摘录、清单、评论、场景回忆……而频繁出现的词则包括中国、父亲、死亡、孕育、真理、文学……最终,直到你把它反复通读了七八遍之后,其秘密核心才渐渐——或者说突然——显现出来。确切地说,它有两个核心(想象一幅太极图）：一是叙述者父亲在中国的死；二是文学与知识间的关系（以及与此相对应的，想象与现实，个人与集体）。

我们先来看第一个。从某种角度可以说，杰克·罗森布拉特的死充满了疑团。官方的说法很简单：1938年10月，他在天津死于肺结核。这听上去很正常——在各种传记资料中，都提到苏珊父亲患有严重的哮喘和肺病。第二年初，米尔德丽德·雅各布森便彻底搬回了美国。这也很正常。不太正常的是《中国旅行计划》中的这段话：

1939年初母亲从中国回美国后，过了好几个月才告诉我父亲不会回来了。……
——我并不相信父亲真的死了。

在英国作家蒙塞尔的那本《苏珊·桑塔格传》（张昌宏译）里，你发现他对此评论说：如《中国旅行计划》所呈现的，在苏珊的心里，父亲的死亡带有异域色彩，是一件未竟之事，其间夹杂着虚幻、故事和谎言。甚至在父亲去世很久以后，母亲米尔德丽德告知苏珊死讯的方式都有点不自然，似乎有所隐瞒。

你把**有所隐瞒**四个字用红笔圈起来，在旁边打了个问号。有所隐瞒？故事和谎言？对于苏珊父亲的死，她母亲究竟隐瞒了什么？这其中有什么故事？什么谎言？你再次打开那篇《中国旅行计划》，将稍觉可疑的句子都做上记号。

——查寻这种可能性：即我虽然出生在纽约，成长在美国的其他什么地方，可是生命却是在中国孕育的。

——给母亲写信。

——打电话？（p3）

三年前母亲从加利福尼亚搬到了夏威夷，是为了离中国近一些吗？（p7）

八种可变的事物：人力车 我儿子 我父亲 父亲的戒指 死亡 中国 乐观主义 蓝布衫（p18）

我的父亲永远年轻。(我不知道他葬在了哪里,母亲说她已经忘记了。)(p19)

如果我原谅了母亲,我便解脱了我自己。(p26)

整整三年了,我与母亲之间有许多没有写成文字的信件和没有打出的电话,构成了一堆不存在的文学,苦苦地困扰着我。(p32)

你发现这里有某种首尾呼应。小说开头提到"我"想给母亲写信或打电话,而在小说结尾则说"我与母亲之间有许多没有写成文字的信件和没有打出的电话"(并且这"苦苦地困扰着我")。你发现的另一个疑点是,虽然文中不断谈到父亲的死,却从未提及对于父亲之死的官方结论,即他死于肺结核,仿佛叙事者根本不认可这一说法。她只是说"不知怎么回事,父亲留在了天津"。不知怎么回事——那显然就是她想给母亲写信或打电话要探讨的主

153

题：她想要母亲为自己解开父亲的死亡之谜。

没错，杰克·罗森布拉特也许的确死于天津德美医院，甚至也的确死于肺结核，但他的多年陈疾为什么会突然加重以至于丧命，却是个值得考虑的问题。可以想象，以当时的医疗水平，只需安排一次醉酒导致的受寒，便足以送一个肺痨上西天。所以，也许我们可以设想有这种可能：杰克·罗森布拉特的离世并非自然死亡，而是一次设计巧妙的间接谋杀——就跟希区柯克的电影《晕眩》中罪犯利用恐高症杀人一个道理。

你看见一连串微光闪烁的场景片段。明亮喧闹的酒楼，觥筹交错，女人的清脆笑声，发油与绸料，填满背景缝隙的丝竹靡靡之音。寂静，灰蓝色雪夜中两个缓缓移动的黝黑身影，一个踉跄，一个坚定。瘫软如布袋般的外国年轻男子，被一双手臂轻柔地放置在某条背街小巷的阴暗墙角。雪花已经在那个男子身上均匀地铺了薄薄一层，就像撒在蛋糕上发亮的糖霜。一名外国女人在街头挥舞双手拦下一辆汽车，她和另一个男人将那个酒醉昏迷的外国男子扶上车。一个男人独自伫立在赭黄色的街灯下，目送汽车疾驰而去，雪还在下，而就在他转身隐入黑暗的一刹那，你看见了他的脸。

那是个中国人。那是陈先生。

一阵战栗。如果说之前的推断——陈先生是苏珊母亲的秘密情人——让你觉得兴奋，甚至得意，对这个新发现你却感到有点迷茫甚至害怕。有个情人是一回事，跟情人合谋杀害亲夫又是另一回事。后者显然需要更强劲、更具说服力的理由。当然，或许是陈先生独自策划了整件事，但即使如此，他这样做的动机何在？他为什么要除掉一个如此有用的美国合伙人？以他的老谋深算，似乎不太可能为了一个女人而牺牲自己苦心经营多年的家族生意。除非……除非他们已经超越了普通的情人关系。除非还有某种更深层的纽带把他们连接在一起。

那个纽带是什么？你怎么都想象不出。肉体？金钱？爱情？都像，又都不像。

但无论如何，这种谋杀推论倒确实可以解释为什么苏珊母亲会忘记丈夫"葬在了哪里",以及为什么,苏珊会说"如果我原谅了母亲"。不过,那又怎么解释她母亲之后并没有跟情人重聚呢?有很多可能。比如因为战乱——当时日本侵华战争全面爆发,1939年天津沦陷,中美贸易交通被迫中断。也可能是陈先生出了什么意外。总之,这对情人最终没能实现原先的计划。而这就直接导致了——根据各种传记资料显示——米尔德丽德回国后的抑郁、酗酒,以及在多年后移居夏威夷,目的则可能是"为了离中国近一些"。

当然,很大程度上,以上这些都只是想象(你的想象,苏珊的想象)。或者用苏珊自己的话说,是**文学**。所以她才说,她与母亲之间那些没写的信和没打的电话——也就是那隐藏的、关于她父亲中国之死的谜底——是"一堆不存在的文学"。也正是在这里,这篇小说的两个核心发生了感应:苏珊对父亲死亡之谜的追索,呼应了她对文学与想象的定义。

"文学只是对知识部分的不耐烦。"（这是那位未点出姓名的奥地利哲人的第三句即最后一句引语。作为避难者他死在了美国。）

上面这段话出现在小说靠近结尾的第29页。这位奥地利哲人是谁？弗洛伊德？弗洛姆？不，都不是。最终，根据文中提供的死亡年份（1951），你确定他是维特根斯坦。不过，这并不重要——也许那就是为什么苏珊坚持不点明他是谁——因为这只是知识。

文学是对知识的不耐烦。是个体对集体的不耐烦。是想象对现实的不耐烦。

想象的表征之一是说谎。在小说里，苏珊记录了自己人生中的第一次说谎。从某种意义上，我们可以将其视为这位未来大作家在人生中的第一次文学行为。有一点可以肯定：自记事起中国激发了我第一次说谎。上一年级的时候，我就对班上的同学说自己出生在中国。我想他们一定印象深刻。我很清楚自己并不是在中国出生的。（p5）

而另外一件同样具有象征意味的童年往事

也被写进了小说。叙事者说十岁那年,她在后院挖了一个大洞,大到让女佣质问她是不是想"挖通去中国的全部路程"。她用一块八英尺长的木板盖住洞口,称之为"我的避难所","我的小屋","我的书房",以及——"我的坟墓"。

正如蒙塞尔在传记里指出的,这个洞坑,可以被看成是苏珊为父亲所挖的坟墓。一座通往遥远中国的想象的坟墓。这座坟墓是空的。无论是父亲还是中国,对她来说都是一个虚无的概念,除了用想象将其填满,她别无选择。这正是让她成为一个创作者的秘密源头。她必须创造出自己的父亲。换句话说,她必须成为自己的父亲。她必须雌雄同体。而这最终铸就了苏珊·桑塔格的一生:她成了同性恋,虽然她也结婚生子(而且是个成功的母亲,她儿子大卫也成了优秀的作家);她热爱写小说(文学、个体、想象),但让她获得崇高声誉的却是非虚构的评论性随笔(知识、集体、现实)。也许那就是为什么,当小说中问到此次旅行能否满足心愿,她感叹说:"可它却是我的全部人生！"

所以那不仅是坟墓，同时也是子宫。（两者在构造上的相似也许并非偶然。）

一个通往中国的想象的子宫。但如果说写作是一个想象的子宫，孕育则需要一个真实的子宫。以及一个真实的父亲。不知怎么回事，父亲留在了天津。我的生命是在中国孕育的就变得更要紧了。不知为什么，仿佛某种莫名的直觉，这句话让你越看越感到费解。为什么变得更要紧了？为什么不说父亲死在了天津，或者父亲在天津去世了，而偏要说父亲**留在了**天津？除了是一种含蓄的敬语，难道它还有什么别的隐晦含义？

八种可变的事物：人力车 我儿子 我父亲 父亲的戒指 死亡 中国 乐观主义 蓝布衫

所以父亲是**可变的**？

他说我像中国人。你突然想起那句话。心跳先是停止，继而加剧。你来回审视那几本书封面上她的照片。是的，你一直觉得她看上去有几分像中国人。或者印第安人。黑发。方脸庞。肤色偏深。刚毅与智慧并存的柔美。他说我像中国人。因为说这句话的男人知道，眼前这个四岁的小女孩是个混血儿，她身上有着一半中国人的血统——因为她是自己的亲生女儿。

是的，那就是为什么会有那个可怕的雪夜。

是的，那就是他们的纽带。

所以，你不禁自问，难道苏珊·桑塔格，这位"美国公众的良心"，其实却是中国人的女儿？一个中美混血儿？也就是说，她真正的生父并非杰克·罗森布拉特，而是他那位姓陈的中国合伙人。难道这是真的？或者说，难道真的有这种可能？再或者说，我们是否可以想象有这种可能？

想象。你突然意识到"想象"和"大象"是同一个象。想象。现象。万象。抽象。象征。为什么这些带有形而上色彩，深入本质的词，都与这种庞大而神秘的动物有关?

你再次拿起那张石头大象和七个男人的照片。你看着站在大象阳物位置的那个年轻男人。他表情呆滞,眉头微皱,像在忍受某种细微的疼痛。他脸上甚至还有几分婴儿肥。但可以想象,再过二十五年,他会变得成熟稳健,脸部也更轮廓分明。照片上的影像开始渐渐虚化,就像电影中的淡入淡出,取而代之的是一个正值壮年、西装革履的中国男子和一个身穿洋装的年轻外国女人,他们并排倚在一艘远洋客轮的甲板栏杆上,眺望着面前的大海。

大海平静得看上去就像个巨大的秘密。

你觉得苏珊以后会知道吗?男人问道。

女人不置可否地摇了摇头。

过了一会儿,女人转过身,你最喜欢什么动物?

男人依然看着面前的大海。不知怎么,他突然想起多年前拍的一张照片。

大象。

停云

难道不是所有生者都与你是亲戚,
难道命运之神不是亲自接近你为你效力?

　　　　　—— 荷尔德林《诗人之勇气》

-1

我等了他很久。当然，**那里**的很久也许跟外面有所不同。没错，他跟我说过很多外面的事。但你也知道，时间跟别的东西不太一样。时间是无法形容的。不像一棵树，一块石头，甚至一朵云，时间没有高低，没有大小，没有形状也没有颜色。时间就像……时间。大部分时间你都感觉不到时间，不是吗？但那才是对的。那是好事。那说明你平安无事。如果你感觉到了时间，那往往说明有什么地方出了问题。感觉越强烈，问题越严重。

那正是我当时的感觉。

我感觉时间过得既快又慢。一方面，我觉得时光飞逝，仿佛他离开已有数载，但实际上（根据这里的日历）才三个月。另一方面，我又因他随时会出现而度日如年。此外，更迫切的是，对我来说，时间现在不仅是一种抽象的感觉，还是一种具体可见，甚至触手可及的事实：我的肚子正一天天变得越来越大。

夜深人静，我常将手放在自己微微隆起的腹部。我想象腹中的她，或者他，此刻会是什么模样。像个肉做的果核？不知为什么，有时我觉得我怀的不是一个孩子，而是时间本身。

时间正在我体内生长。

时间正在我体内膨胀。

不过，这种幻觉也许并非毫无来由。也许，那就是为什么，据村中一直以来的传说，如果离开这里，只有两种人能在外面的世界存活：身怀六甲的孕妇，或满月前的婴儿。难道说时间的秘密就隐藏在胎儿身上？或者说——且不管那秘密到底是什么——胎儿（及幼婴）就像某种带有神秘力量的砝码，可以平衡两个世界间的差异？因此其他人，那些没有砝码的人，一旦到了外面就会失衡，身体会无法适应，很快便会衰竭而死。就像离开水的鱼。

但那还不是最可怕的。

比肉体不适应更可怕的，是灵魂的不适

应。就像老人们说的，即使你能挺过身体的煎熬，你也会因惊恐而死。因为外面是个极其可怕的、噩梦般的世界。欺骗。背叛。陷害。虚情假意。自相残杀。奴役与酷刑。战火与硝烟。饥饿与瘟疫……从小我们就缩在父母怀里，像听鬼故事一样听老辈人讲述外面世界的各种悲惨景象。不听话就把你送到外面去！那是幼时我们最常听到也最有效的恐吓。

但渐渐恐惧变成了诱惑。

也许正是因为这里的恐惧太少了。少到令人珍惜。甚至渴望。我知道一个男孩喜欢用烛火烧自己的手臂。有个女孩热衷用小刀割自己的大腿。还有个女孩将滚水灌进自己的喉咙。原因很简单：因为那样很**痛**。我们需要用它来浇灭体内的火焰。有时别人——通常是姐姐或母亲——会在我们眼中看到那火焰闪烁的余光。比如，有次大姐突然莫名其妙地盯着我说：忍一忍，很快就会过去的。我经常想起这句话，就像那是什么座右铭，虽然我并不太确定她的意思。她说的很快过去，到底是指这段时间，还是这辈子？

或许两者是一回事。因为在这里,一切都是安排好的。无论是一段时间还是一辈子。无论是爱情还是婚姻。无论是生还是死。是的,你没听错,这里连死都是安排好的。为了控制村中的人口数量,不管健康状况如何,一到七十,老人就会在家人的环绕陪伴下,服用一剂毒草汁安然逝去。而几乎与此同时,也会有一个婴儿呱呱落地——生与死如此相互匹配紧密相连,以至于仿佛根本不存在生死。生命在这里连续不断,循环往返,周而复始。就像一个完美无缺的圆。

事实上,这里唯一不完美的地方,就是它太完美。

我想给这完美打开一个缺口。或者说,我想成为一个缺口。

看到他的第一眼,我就知道,我的机会来了。

他说他是个渔夫。他说他姓黄。他身上有股雨的味道。当他抱紧我的时候,我感觉就像被裹在一小朵灰色的云里。并不是说他有多胖，或有多高大魁梧。相反，他是个身材瘦小精干的男人。虽然才过了几个月，但说实话——不知为什么——我已经几乎忘了他的长相。不，我并非不喜欢他。只是我已经很难分清那种喜欢，那种爱，那种恍若置身云中的飘浮和晕眩感，究竟是因为他这个人，还是因为他来自的那个世界。或许不管他长什么样，我都会爱上他。因为外表根本无足轻重，唯一重要的是：他来自另一个世界。我想去的那个世界。我将要去的那个世界——通过他。

所以问题不在于我是否喜欢他，而在于他能否看得上我。不过，对此我相当自信。

他出现的消息迅速传遍了全村。大家已经忘了上次有外人闯进来是什么时候。（五十年前？一百年前？）首先，他是怎么进来的？这里的入口不仅极为隐蔽，而且每过几年就会变化移动，因此经常连我们自己也搞不清具体位置。桃花林？溪水？山缝？村长立即派人去查看入口，并吩咐将其用枯木加以遮掩。随后他便热情安排那年轻渔夫的酒饭住处。当然，他将住在我家——为什么?因为村长就是我父亲。

　　事情比我想象的还简单。眼神是更伟大的语言。他就睡在我隔壁,也就是大姐出嫁前的房间。这里没有谁家会设客房,因为不可能有客人。我必须抓紧时间。他随时可能离开。我必须确保自己能怀上。怎么**确保**?你也许会问。这是我们的秘诀。这儿有一种草药,夏天结的红色小果晒干磨粉后能促使怀孕,而其枝叶用来煮成浓汁则可以防止怀孕。也正是靠这个,我们才能保证生死循环的畅通无阻。

　　不,我并不是第一次。事实上,你甚至可以说我经验丰富。怎么说呢?贞节在这里并不被看重。因为贞节会导致压抑,压抑会导致嫉妒,而嫉妒……嫉妒会打开通向地狱的大门。对我们这种与世隔绝的状况尤其如此。那就是为什么我们几乎不知嫉妒为何物,因为根本无可嫉妒:这里没有贫富贵贱,没有竞争,没有什么需要夺取,一切都是公有,都平均分配、成果分享——包括恋人。

其实在他出现之前,我就仔细考虑过出逃。正如我前面说过,即使真能找到出口(同时也是入口),也只有身怀六甲或幼小婴儿才能在外面存活。而且那也只是在理论上。幼婴显然不可能独自存活。身怀六甲倒是可以。我不是没想过让自己"违法"怀孕(那很简单),然后独自逃出去。但这样做有两个问题:一是我很难想象如果没人在外接应会发生什么事,正如我从小被教导的,在外面那个世界,即使我的肉体能适应,我的灵魂呢?二是出口。就我所知,至少这几年,没有人知道出口在哪儿。再说,即使知道也无济于事:它不仅飘忽不定,且一旦被发现,就会立即被封死。

而他的出现让这两个问题都不再是问题。

但我突然意识到还有一个问题。我必须让他在这里待得尽可能久一点。最短也要等我确定怀上后三个月。否则我体内的"时间砝码"就无法发挥作用,他把我救出去也是白搭:我会带着体内尚未成形的种子死在外面。而且他一旦离开,出口很快就会被封闭。所以如果他不得不提前离开,如果我不得不等上一两个月甚至更久,那么他很可能就再也找不到入口。更可怕的是,如果我出不去,那么即使把孩子生下来,她也会被强行灌下毒草汁。因为,前面说过,村中的人口数量必须严加控制,任何没有"份额"的婴儿都将不得不消失。

完美是残酷的。

这残酷正向我逼近。因为我没能顺利解决上面这个问题。虽然我想方设法,费尽口舌(更确切地说是费尽暗示,我不可能直说),但父亲还是决定在九天后将他送离这里。显然,父亲这样做的理由无可辩驳:他在这儿待得越久,我们的处境就越危险,我们被外面世界发现的可能性就越大,后果就越不堪设想。而他这几天里对外面世界的各种描述——汉朝?魏晋?战乱?政权更迭此起彼伏?——更进一步加深了大家的恐惧。

那么,也许有人会问,既然如此,你为什么偏偏想出去?的确,我刚才甚至用了"救"

这个字,就好像里面比外面那个世界更恐怖,更令人害怕。是的,我也想问自己,为什么?因为我也不知道为什么。从各方面看,实际情况都正好相反:这里安宁,平和,无忧无虑,完美无缺——几乎。所以只能说那是一种直觉。或者说一种欲望。不,没有什么欲望能持续燃烧那么久。那更像某种使命。不过使命这个词又太崇高,我恐怕配不上。我宁愿称之为某种任务。虽然作为任务也还是莫名其妙:我既不知道是谁交给了我这个任务,也不知道这个任务究竟目的何在。我只知道一点:我必须完成这个任务,不顾一切,不计代价,不择手段。

但眼看这个任务就要失败。距他离开已有整整一百天。在我腹中不断膨胀的"时间"已越来越难以掩饰。就在他离开前的第九夜,他说既然不得不走,为了我们的孩子,他会在沿途一路标记,并回城立即禀告太守,带人前来救我。(是的,他也不自觉地用了"救"这个字。)那会毁了这里,我说。怎么会呢,他安慰我说,最多也就是收点田租而已,这里如此偏僻，外人几乎不会进来，而里面人也不敢出去。他会跟太守谈好，让他来做这里真正的村长，然后一旦待满三个月，他就带我离开这儿，去外面找个地方安居乐业、生儿育女。你不是说这里的入口每隔几年就会变化吗？若果真如此，他说，不用多久，这里就会恢复原状，一切照旧。照旧与世隔绝，照旧自耕自足，照旧完美无缺。难道不是吗？

难道不是吗？我不得不承认他讲得有道理。可惜——显然——不知何故，他的计划没有成功。也许他一直在骗我，也许他早有妻室，也许他根本就没去找什么太守。也许还有别的也许。但所有也许都毫无意义。所有也许都通向同一个结论，那就是我不可能再指望他。

我只剩下最后一条路。我常常找机会去查看那个据说外面是大片桃花林的山缝出口。虽然早已被黄泥封死，但只要一个青壮男人，只要花上几个月色皎洁的夜晚，一切就将迎刃而解。我早已想好这个男人是谁——就是我最可能嫁的那个人。于是，有天我把他领到僻静处，告诉他这是他的孩子，如果他想让孩子活下去，就得帮我打开这个通道。一开始他犹豫不决。可是，他说，我们是要成婚的。我告诉他，如果孩子死了，我们即使成婚也会痛苦一辈子。再说，我提醒他，没有我，你照样可以成婚。事实上，我们俩都知道，对于成婚，他有许多选择，所以除了答应我，他别无选择。

我首先看到的是一片白色。一片无边无际的白。就像走进了一本没有字的书。

难道桃花变成了梨花？

然后我才感觉到一阵寒意——我穿着单薄的春装。我原本还担心太热。毕竟已是七月，不是吗？

答案显然是不。

因为那既不是桃花，也不是梨花。

那是雪。

0

陶渊明是小说家吗?要回答这个问题,我们首先应该来看看"小说"这个词的来源。汉语中"小说"一词最早见于《庄子·外物》:"夫揭竿累,趣灌渎,守鲵鲋,其于得大鱼难矣;饰小说以干县令,其于大达亦远矣"。顾名思义,这里的"小说"即"微小之说","琐屑之言"。庄子认为,靠它们很难抵达真理大道——就像拿细小的钓竿,在用来灌溉的沟渠之间,除了泥鳅之类,不可能钓到什么大鱼。孔子对此持类似看法。《论语》中对小说的评价是"虽小道,必有可观者焉,致远恐泥,是以君子不为"。而班固更是在《汉书》中宣称"小说家者流,盖出于稗官。街谈巷语,道听途说者之所造也"。由此可见,虽然小说这一体裁的特征——以虚构为核心,由个人化琐碎细节构成——从古至今并未发生实质性的变化，但其地位却有天壤之别。也就是说，跟当今不同，在上古时代的中国，"小说"是一种极其不被看重，"君子不为"的低级文类，而这也直接导致了中国上古小说从形式到内容，乃至于到概念上的虚弱——就像很难说树苗是真正的树，尽管你也不能说它不是树。

但这种状况在魏晋之际突然有所改变。其重要原因之一，是由于时局动荡，以儒家为代表的"真理大道"开始坍塌——儒家所关注的现实世界也随之变得不再那么重要。正如鲁迅在《中国小说的历史的变迁》中所说："从汉末到六朝为篡夺时代，四海骚然，人多抱厌世主义；加以佛道二教盛行一时，皆讲超脱现世，晋人先受其影响，于是有一派人去修仙，想飞升，所以喜服药；有一派人欲永游醉乡，不问世事，所以好饮酒。"[1] 很显然，跟服药和饮酒类似，小说——无论写还是读——同样是前往

---

1 《鲁迅全集》（北京：人民文学出版社，2005），第9卷，320页。

另一个世界的终南妙径。

这或许也解释了为什么这一时期小说创作不仅日趋繁荣,而且题材多以奇闻异事、谈神论鬼等志怪故事为主。这点光看当时那些书名就一目了然(大多已经亡佚)。比如《神异记》《灵鬼志》《玄中记》,比如《陆氏异林》《孔氏志怪》,等等。而其中公认最著名并留存至今的有四部,即张华的《博物志》、干宝的《搜神记》、王嘉的《拾遗记》,以及陶渊明的《搜神后记》。不过,对于最后一部是否确实为陶所著,历来存有争议。如果是,则开头那个疑问就已不解自答:陶渊明当然是小说家,再确切一点,我们或许更应该这么说:他当然**也**是小说家,因为他更广为人知的头衔,是诗人。

事实上,除了李白杜甫,陶渊明可能是知名度最高的中国古代诗人之一。"采菊东篱下,悠然见南山"是妇孺皆知的千古名句。但多少有点奇怪的是,即便如此,他最出名的作品却不是诗,而是一篇散文作品。当然,那就是《桃花源记》。这个故事如此有名,以至于已经化为一句成语："世外桃源"。毫不夸张地说，陶渊明笔下那个神秘的世外桃源，几乎可被视为中国人在世俗宗教意义上的"天堂"。但如果说西方文化里的天堂给人一种无边无际兼无所事事的感觉，相比之下桃花源不仅在规模上要小得多，其居住者过的也是日常劳作的农耕生活。而且，更重要的是，不同于西方的死后上天堂，这个中国式的天堂是在"世外"——世界之**外**，而非世界之**后**。

用现在流行的科幻术语说，世界之外，就是"平行宇宙"，就是"穿越"或"时间旅行"。从实际效果层面说，饮酒和服药（从黄酒到威士忌，从五石散到LSD），以及阅读（尤其是阅读虚构了另一个平行世界的小说），难道不正是最古老而便捷的"穿越时空"？那就是幻想类故事往往在乱世大行其道的原因：大众对"超脱现世"的需求。但为什么是"桃花源"？"桃花源"何以成为中国人心灵深处如此深邃而不可磨灭的天堂象征？《桃花源记》这一文本所蕴含的神秘能量究竟源自何处？这才是我们接下来真正想要探究的。

最直接的来源,当然就是陶渊明本人。

陶渊明的一生充满疑点。除了之前提过的他是否为《搜神后记》的作者,从出身家庭到出仕经历,甚至他的字号,在学界几乎都有争议。为简洁起见,我们在这里只取最通用、公认度最高的,即他公元365年(东晋兴宁三年)生于江州寻阳紫桑(今江西九江附近),逝于公元427年(宋元嘉四年),享年62岁。他字元亮,入宋后更名陶潜。家族谱系主要包括:其曾祖父陶侃作为东晋开国功臣,官至大司马,受封长沙郡公,其祖父陶茂曾任武昌太守,其父陶某曾任安城太守(在他八岁时去世),而在母系这边,其母孟氏则为当时的大名士孟嘉之女。

即使上述信息或许并非绝对无误,但至少有两点可以说毫无疑问。一是陶渊明的人生横跨晋宋两朝,因此不难想象他所处时代环境的跌宕混乱。二是他家族在仕途上的表现一代不如一代,呈直线下降趋势,以至于到了他父亲这里，我们甚至无法在史籍里找到具体的名字（尽管有种不太被认可的说法是其父名为陶逸——近乎讽刺地与"逃逸"谐音）。综合这两点，我们便能给陶渊明一个明确的身份定位：一名乱世中的没落贵族。

这一身份对他最终成为伟大作家至关重要。假如不是出生于官宦之家，他就不可能有机会从小饱读诗书，为今后写作打下坚实基础。又因为身处乱世，家道中落，使其文学储备没有发挥正常情况下较为低级但却实用的世俗功效，即成为政府官员，相反，通过三番两次的"辞官"，通过放弃仕途与权力，回归田园生活，他似乎在不经意间——几乎像是碰巧——让这种储备完美实现了其本来的终极目的：艺术。

陶渊明也许是世界文学中最早的自传性作家之一。他在29岁"高龄"才显然不太情愿地初次出仕。"起为州祭酒。不堪吏职，少日自解归。"此后他又做过几次官，但都遵循"少日自解归"的模式，而其中最有名的也是最后一次，是他在41岁时担任了不到三个月的彭泽县令，其产物是一篇伟大的赋辞：《归去来兮》（关于它稍后我们还会详细谈到）。事实上，只要稍加观察就会发现，从辞官、饮酒到农耕、贫穷，他最好的作品都与其人生经历密切相关。这种相关性到了如此程度，以至于作品与作者的生活方式已经融为一体、不可分割，就像另一位著名的隐士诗人拉金，或者更著名的惠特曼。

但这种自传性同样遭到了质疑。有一种论点认为——以田晓菲的《尘几录——陶渊明与手抄本文化研究》（中华书局，2007年8月第一版）为代表——陶渊明那种迷人的隐士风范其实是后人（主要是以大诗人苏轼为首的宋代文学集团）通过手抄本文化对其加以"塑造"的结果。在我看来，问题的关键在于，即使这种说法是正确的（我并不这样认为），它也基本上毫无意义。因为，极端一点说，就算陶渊明是被**虚构**出来的，那又怎么样？那又有什么区别？什么都不会改变。陶渊明仍然是陶渊明。他的艺术——不管是其作品还是生活——早已超越了所谓的**真实**。打个不太恰当的比方：

想想贾宝玉好了。难道他不是比大部分真实的历史人物更真实、更动人、更栩栩如生？甚至包括虚构了他的曹雪芹。

将陶渊明与贾宝玉联系在一起并没有想象中那么荒谬。事实上，他们俩享有一个重要的共同点，那就是他们都是在**女人堆**里长大的。自然，前者没有后者那么夸张，但正如近期出版的一部关于陶的专著——刘奕的《诚与真》（上海古籍出版社，2023年2月第一版）——所（正确）指出的：陶渊明幼年丧父，因此在个性及精神上主要受其母孟氏引导，而这对他后来的写作和人生产生了本质性的深远影响。（的确，率性而为，迷恋日常生活，对权力的摒弃和缺乏兴趣，这些构成陶渊明风格的基本元素，都带有某种女性化特征。）不过，和绝大部分学者一样，刘奕同样也忽视了陶渊明生命中的另一位重要女性。而在我看来，正是这位神秘的女性，这个近千年来始终被遮掩的秘密，才是解开陶渊明之谜的关键所在。

一个千年秘密？要是你对此嗤之以鼻，认为这纯粹是故弄玄虚，我也丝毫不感到吃惊。因为很大程度上这确实难以置信：考虑到陶学研究的深度与广度，怎么可能还有什么关键点不曾被揭示，被反复探讨，或至少是被触及？唯一的解释是它实在不像个秘密，而这是保存秘密的最佳方式——正如侦探小说中经常提到的，藏起一样东西最好的办法，就是将它放在最显眼的地方。而就陶渊明而言，这个地方就是《归去来兮》。

在通常版本里，这篇著名的辞赋都是与正文前的短序并置呈现。其序全文如下：

> 余家贫，耕植不足以自给。幼稚盈室，缾无储粟，生生所资，未见其术。亲故多劝余为长吏，脱然有怀，求之靡途。会有四方之事，诸侯以惠爱为德，家叔以余贫苦，遂见用为小邑。于时风波未静，心惮远役，彭泽去家百里，公田之利，足以为酒，故便求之。及少日，眷然有归与之情。何则？质性自然，非矫励所得。饥冻

虽切,违已交病。尝从人事,皆口腹自役。于是怅然慷慨,深愧平生之志。犹望一稔,当敛裳宵逝。寻程氏妹丧于武昌,情在骏奔,自免去职。仲秋至冬,在官八十余日。因事顺心,命篇曰《归去来兮》。乙巳岁十一月也。

这里出现了一个人名——程氏妹。程氏妹是谁?官方的说法是陶渊明同父异母的妹妹,因嫁给程姓男子而被称为程氏妹。长期以来,学界都几乎毫无争议地认为,这篇序文里提及的"为妹奔丧",不过是陶渊明用来辞官的借口和托词,而其真正原因是他所宣称的"不为五斗米折腰"——这句话不仅见于《晋书》《南史》《宋书》等各大史书,还进入了民间口语,成为一句常用的反权力标语(虽然对于"五斗米"也有各种说法,但那不是本文的重点)。这种对"程氏妹之死"的视而不见,一方面是因为《归去来兮》在文风上所散发的如释重负般的欣然(尽管不无伤感),另一方面,在我看来更重要的原因,是来自对程氏妹身份问题上的认识偏差。

纠正这一偏差需要求助于陶渊明另一篇相对不那么有名的散文:《祭程氏妹文》。《归去来兮》的创作时间几乎与程氏妹去世重合,而这篇祭文写于作者为程氏妹服丧满十八个月之际,奇怪的是,时间似乎不但没有冲淡,反倒加深了丧亲的悲痛:与《归》的轻逸相比,《祭》的沉郁之深不仅有违于情感的时间规律,甚至也超过了兄妹之情的正常尺度。"谁无兄弟,人亦同生。嗟我与尔,特百常情。慈妣早世,时尚孺婴。我年二六,尔才九龄。爰从靡识,抚髫相成。"这段话透露了几个信息:1.他们是同父异母;2.程氏妹母亲——即陶渊明父亲之妾——离世时他12岁,其妹9岁(也就是说,两人相差三岁);3.他们青梅竹马,情深意重。事实上,我们只要稍加留意就会发觉,这种情感之强烈,之凄楚——从开头的"梁尘委积,庭草荒芜。寥寥空室,哀哀遗孤"到"白雪掩晨,长风悲节。感惟崩号,兴言泣血",再到结尾处的"死如有知,相见蒿里"——与其说是兄妹,不如说更像夫妻。

但不知为什么,似乎没人意识到这点。也许是我孤陋寡闻。我只在"百度知道"里搜到一篇署名"邓萍834146990"的短文提出了类似的怀疑(https://zhidao.baidu.com/question/418545460.html),但她(或他)得出的结论却站不住脚——她认为程氏妹是陶家的童养媳,也就是说,他们根本不是兄妹,而是夫妻。但若果真如此,那为什么程氏妹会"丧于武昌"?武昌并非陶渊明的居家所在。而假如两人并非同父异母,为什么祭文中要特意提及"慈妣"?文中还提到"藐藐孤女",但所有史料都表明,陶渊明有五个儿子,并无女儿。所以很显然,他们不可能是现实意义上的夫妻关系,即使我们不得不承认,陶渊明的文字似乎透露出了某些蛛丝马迹。什么蛛丝马迹?你或许会问。我们不妨先再来看一看他的另一首诗歌名作,《停云》。

《停云》开头同样有几句短序:"停云,思亲友也。樽湛新醪,园列初荣,愿言不从,叹息弥襟。"随后是诗歌正文:

霭霭停云,濛濛时雨。八表同昏,平路伊阻。静寄东轩,春醪独抚。良朋悠邈,搔首延伫。

停云霭霭,时雨濛濛。八表同昏,平陆成江。有酒有酒,闲饮东窗。愿言怀人,舟车靡从。

东园之树,枝条再荣。竞用新好,以怡余情。人亦有言,日月于征。安得促席,说彼平生。

翩翩飞鸟,息我庭柯。敛翮闲止,好声相和。岂无他人,念子实多。愿言不获,抱恨如何!

《停云》写于陶渊明40岁,即在他任彭泽县令,不久解职并作《归去来兮》的前一年(也就是程氏妹去世的前一年)。对这首诗的解读大多集中于当时各地战乱的政治背景上("八表同昏,平路伊阻"),却忽视了其"思亲友"的主题。请注意,是"亲友",而非"朋友"。且这里的"亲友"显然并非泛指,而是特有所指,因为"岂无他人,念子实多"。这个"子"是谁?他思念的这位亲友是谁?鉴于那篇当时尚处于未来的祭文,我们无法想象还有别的更合适的人选——除了程氏妹。不,其实还有一个人。一个比程氏妹更神秘,面貌更晦暗不清的女人,那就是程氏妹的母亲,陶渊明的庶母。她在陶渊明不到3岁时进入陶家,在他12岁时离世(所以她、生母孟氏和程氏妹,构成了一个三角形的**女人堆**)。这个没有名字的女人,这个他父亲的女人,这个对他而言既是母亲又非母亲的女人,这个陪伴他度过童年和少年时期的女人,在陶渊明的生命中究竟占据了一个怎样的位置?不过,如果说我在暗示什么,那么我也缺乏证据(我正在找)。我所拥有的——到目前为止——只是一个学者的直觉。这并没有听上去那么可笑,如果你知道牛顿最重要的科学发现都是先有结论再去证明,而不是我们以为的反过来。的确,正如有人已经指出的,科学(包括学术)研究同样需要灵感(如果不是更需要的话),它们与艺术创造之间的距离,也许比表面上看起来要近得多——就像时空旅行理论中蠕虫穿过苹果造成的时间虫洞。

让我们回到《归去来兮》。写下这篇辞赋的 41 岁,对于陶渊明是一次重大转折。他的人生由此一分为二。他再也没当过官。他第一次开始真正下地种田,"躬耕自资"。他日渐贫穷,轻度酗酒,同时佳作连连。而结合之前对程氏妹身份的推测,我们就很难再认为"为妹奔丧"对于这一转折只是个敷衍的托词。事实上,我们甚至应当说,它听上去越像个借口,就越不可能是借口。那么《归去来兮》中那近乎神秘的**快意**又作何解释呢?无法解释。就像我们同样也无法解释《祭程氏妹文》中的悲恸。他们之间到底发生过什么——如果史学实在无法完成这个任务,也许我们只能将其交给小说。因为,就像诺瓦利斯所说,小说就是被历史遗漏的东西。

当然,这是对小说的一种另类定义。我们在开头就说过,小说更醒目的特征是它的虚构,也正是因为虚构,使其在中国上古时期备受轻视。是什么让小说的地位突然改变了呢?同样是虚构。一种升级的虚构,一种特殊的虚构，一种——再次借用时间虫洞的比喻——可以绕过世界表面，直抵现实本质的虚构。通过这种独特而奇异的虚构，小说最终展现出自己无可匹敌的魔力：它可以比现实更现实，比历史更真实，比真实更真实。

既然提到小说，我们就不免再次想到文初那个疑问：除了诗人，陶渊明是否还是个小说家？答案是肯定的。因为《桃花源记》就是一篇真正的小说，即使我们否认他是《搜神后记》一书的作者。如此看来，从《停云》（诗歌，40岁）到《归去来兮》（辞赋，41岁）再到《祭程氏妹文》（祭文，43岁），最后到《桃花源记》（小说，54岁），这里既有时间上的推进，情感上的推进，也有文体上——从非虚构到虚构——的推进。不仅如此，我们还感觉仿佛有条若隐若现的秘密线索，将它们连接在一起。而那条线索，那个秘密，就是程氏妹。

作为陶渊明晚年最重要的作品，《桃花源记》完美符合萨义德所说的"晚期风格"。这种风格，萨义德在《论晚期风格——反本质的音乐与文学》（三联书店，2009年6月第一版）一书中指出，最典型的特征是怪异，是具有强烈的总结性和寓言感，犹如某种密码。(比如亨利·詹姆斯的《丛林猛兽》和海明威的遗作《伊甸园》，前者的密码是同性恋，后者是厌女症。)也许那就是为什么与其他几篇相比，《桃花源记》看上去似乎跟程氏妹毫无关系。因为它是一种密码。因为它与作者最隐秘最痛切最不为所知的人生秘密有关。于是，无意之中，陶渊明由此将小说这一原本不被看重的文体骤然拉升到一个新的高度。从这个角度看，《桃花源记》甚至可被视为中国第一篇真正意义上的小说。难道这就是"桃花源"如此深入人心的原因？难道这就是《桃花源记》神秘能量的来源？因为小说之所以能借由虚构抵达现实的核心，就在于它能将最个人的秘密转化为每个人的秘密。

很多时候，我们甚至都不知道自己有那样一个秘密。

这同样适用于对《桃花源记》最主流的阐释——正如逯钦立在《关于陶渊明》一文中总结的："东晋之末，农民革命处于低潮，广大农民**意识不到**自己的力量,只有在逃亡道上求生存,在幻想之中求慰藉,因而这个地区有可能产生桃花源一类的乌托邦。"(《陶渊明集》,中华书局1979年版,第256页;黑体为笔者所加)他随后又援引列宁的话:"一个国家的自由愈少,公开的阶级斗争愈弱,群众的文化程度愈低,政治上的乌托邦通常也愈容易产生,而且保持的时间也愈久。"[1] 有最主流的,也有最私人的。以我本人为例,就在写下这句话的这一刻,我突然意识到:我为什么会对"桃花源"如此感兴趣?或者,更确切地说,我为什么对**逃离**"桃花源"如此感兴趣?或者,甚至,更直接一点说,我为什么要逃离**我的**"桃花源"?

---

[1] 《两种乌托邦》,见《列宁全集》(北京:人民出版社,2017年),第二十二卷,第129页。

1

昨天写完了《桃花源记》。不,准确地说是今天。刚刚。考虑再三,我还是决定删掉渔夫的姓氏和太守的名字。没什么理由,只是一种直觉。不知为什么,那样更像真的。是的,我记得她有次说过,有些真事,听上去却很假,有些假的,倒显得更真。

不过,对于她说的那个故事,我,或者说我们,也就是我和程妹,从来都不知道是真是假。它既像真的又像假的。她的表情增强了这种效果。除了程妹——她们母女惊人地相像——我从未在别的女人脸上见过类似的表情:仿佛隐隐发光的坦然自若,好像永远在微笑,永远带着一丝嘲讽和戏谑,同时又充满温柔与怜悯,似乎已看穿一切——并因此原谅了一切。

但至少有一点是真的：她确实是在一个大雪天出现的。也许那就是为什么，她总让我想到雪。不是作为雪花，而是作为整体的雪，作为一种天气：外面寒冷，屋内温暖，且两者互为因果。他们说那场大雪百年一遇。第二年初夏，我多了一个妹妹。

那年我两岁。五十多年过去了。我终于写下了那个故事。回想起来，我几乎在那个故事中活了一辈子。它先是用来哄我们睡觉，而后成为我们的游戏，最后——有很多年——进入我的梦中。在梦里有时我是那名渔夫，有时程妹代替了她母亲，更多时候我似乎既存在又不存在，因为我就是梦本身。

现在我已经很少做梦了。就像连梦也给灌醉了。有时我宿醉醒来，迷迷糊糊，看着窗外竹影摇曳，传来像墨点泼洒的几声鸟鸣，感觉恍然隔世。时间突然显得毫无意义。我还在这个世界吗？或者说，我这是在哪个世界？

当然，我就在这儿。不然我还能在哪儿？

这是我的世界。唯一的世界。这个有酒，有诗，有微风、花朵、晚霞、绵延青山，也有贫穷、旱涝、病痛与战乱的世界。这个再也没有她，没有程妹，也没有母亲的世界。她们此刻在哪儿？我会再见到她们吗？奇妙的是，虽然她声称自己来自另一个世界，同时她又认定**这里**是唯一的世界。但与其说她否认前生来世的存在，不如说她认为考虑它们毫无意义。难道这个世界要操心的事还不够多？她仿佛在说。是的，她永远在操心身边各种大小繁杂事务，但始终全神贯注，毫无焦躁——以至于你甚至可以说，充满某种神秘的爱意。

她是我见过最镇定的人。我从未听过她抱怨。但那并非出于压抑，而是出于接受。她无条件地接受一切。无论是天灾还是人祸，无论是我们体弱多病、父亲早逝，还是家道衰落，入不敷出，人事凄楚。包括她去世前可怕的病痛。我从未见她面露难色。但如今回想起来，我觉得她之所以比我们都勇敢，并不只是因为她更有勇气或毅力，而更像是因为她知道什么我们所不知道的**秘密**。那就是她对这个世界充满神秘爱意的原因：她知道它的秘密。而这个秘密显然跟她故事里的另一个世界有关。时间的秘密——她在故事里常常提到这个词。

时间的秘密就是世界的秘密。

我意识到，这么多年来，我其实一直在有心无心地记挂着这个秘密。这个谜题。这么多年过去了，我早已不指望能解开它——而不知为什么，就在我写出《桃花源记》的今天，它却似乎突然自动解开了。豁然开朗。

不过，与此同时，我也突然意识到，其实她早已告诉了我谜底，只是我一直没有领悟——即使那谜底已不知不觉渗透我的一生。或许，那也正是为什么，每当我想起她，最常涌现的总是病榻旁的那个场景。那时我大概十岁还是十一岁。她还没病倒（即将）。生病的是我。她正在一勺一勺地喂我吃甜粥。

我抱怨说没有任何味道，味同嚼蜡。高烧退后我发现自己失去了味觉。

"那是好事。"她不动声色地说，继续保

持着匀速喂我。

我问为什么是好事。

"因为这样你才会珍惜普通食物的美味。"她说,"等你好了吃饭就会更乖。"

我哼了一声。

过了一会儿,她说:"我认识有个人天生没有痛感,你觉得那样好吗?"

我说当然好。谁会喜欢痛呢?

她一边继续喂我,一边轻轻摇了摇头:"不知道什么是痛是极其可怕的。"

我问为什么。谁会喜欢痛呢?

"因为我们需要痛。"她说,"想象一下,如果你受伤流血不止但却不感到痛,就会延误治疗,甚至可能因此而死。痛是为了证明不痛的重要。痛是为了提醒我们。痛让我们活下去。"

我似懂非懂。我又嘟噜了几声,开始抱怨说如果时光倒流,我就绝不会答应陪妹妹去溪边玩水,也就不会得这场倒霉的病了。

她停下手里的勺子。

"你知道这个世界的秘密是什么吗?"她

故意稍稍放低声音。

我摇摇头。

"这个世界的秘密就是——发生过的事不可能改变。不**允许**改变。"

我有点失望。这算什么秘密。这谁都知道。

我突发灵感,要求她在离开前抱我一下,作为对病人的安慰。

她面无表情地看着我,然后嫣然一笑,答应了。

我知道这听上去不可思议,但我至今还能感觉到那个拥抱。就像它发生在今天,刚刚,而不是四十年前。此后再也没有过可与之相比的怀抱。那温煦的柔软。若有若无的淡香。那瞬间的永恒。以及——那无与伦比的安全感。多么可笑。现在我已经比当年的她还老,但只要一想到她,我就觉得自己又变成了孩子。也许我就是个孩子。一个苍老的孩子。我度过了孩子气的一生,难道不是吗?无论如何,我是幸运的。她——她们，就是我的桃花源。

但那也正是她们——她——所担心的。她要把我赶出桃花源。或者说，她要把我救出桃花源。因为我们需要痛。因为我需要痛。因为痛能让我活着。真正地活着。写出真正的诗作——当然，那是后来的事了。不过，正是借由写作，在多年之后，我才突然明白了，为什么当年她会对我说出那样多少有点怪异的遗嘱。

她的嘱咐是：一旦成年，无论有多不情愿，我都必须出仕做官。即使我才十二岁，她也已看出我将会有多么不情愿。看看父亲的下场好了。谁会喜欢做官呢？（谁会喜欢痛呢？）但在那种情况下，除了呆呆地点头，我不知道还能怎么做。我无法理解，她为何要在临终前这种重要时刻莫名其妙地说这种无关紧要，而且是久远之后的事？不仅如此，她还让站在我身边的程妹保证，在自己离去后，将由她来行使对我的监督。

我常常希望她能忘了那个任务。毕竟当时她才九岁，而且那听上去未尝不像临终前的胡话。但她没忘。在某种意义上,她延续了她母亲在我生命中的影响——她们不仅面貌相似,品性也相似。虽然比我小三岁,但随着年岁更迭,她越来越像是我的姐姐,而不是妹妹。所以,即使我早已成年,即使她不断催促,我还是像孩童耍赖似的拖了十年:直到二十九岁,才去当了几天"州祭酒"。说实话,我对当官也并非完全毫无兴趣。跟所有年轻人一样,我也有过一腔热血,有过想要改变世界的雄心壮志。我甚至写过几首慷慨激昂的诗——我希望人们尽快忘了它们。但很快,我就碰壁了,绝望了,退缩了。也许是我太懦弱。也许是我生性喜爱自由。当然,也许我只是被宠坏了。但不管怎样,在程妹的反复督促下,也是为了改善家境,之后我又竭力尝试了几次。每次都像重病一场。苦不堪言。痛无可忍。不欢而散。如此数次。如此连绵十多年。而每次解职,我都更刻骨地感觉到自己多么疲倦。多么厌恶官场。多么渴望归园田居。但我也注意到,与此同时,我的诗写得越来越好。

就在程妹嫁到武昌之前,我曾半开玩笑地

问她,到底还要监督我到什么时候。到我死,她说。看到我不知所措的表情,她又谑笑着补充说,别急,我会死得很早。我呆呆地问为什么。因为跟母亲一样,她说,我们来自另一个世界。

一语成谶。

那就是为什么,当在彭泽得知程妹去世的消息,我感到既意外而悲伤,同时又几乎本能地如释重负。我知道我会即日解职。我知道我此生将永不会再踏上仕途。我还知道,我会写一篇辞赋。

结果,那成了我至今最好,也是最有名的作品。不过我想,没人会知道藏在它背后的秘密。没人能发现它那暗含心碎的轻逸文风的秘密来源。这样也好。这样世人就永远不会知道程妹对我有多重要。事实上,在刚失去她的时候,她的重要,她重要的程度,甚至连我自己都没意识到:随着时间一天天过去,悲痛不仅没有渐渐变轻,反倒变得越来越重。直到重得让我无法呼吸,重得让我不得不用颤抖的手,写下那篇《祭程氏妹文》。因为那是我唯一的解药——文字。不,还有另一样东西。

酒。

我决定喝几杯。没有不能喝的理由。是的,酒已不多,但足够一醉。是的,日头西斜,天色尚早,但有什么比在微醺中融入暮色更美?我可以慢慢喝,细细品味,看夜幕如何将天地从四方无声收入囊中,然后我就和这个世界一起消失。

我已做好消失的准备。既然我已写出《桃花源记》。

我一边啜饮,一边又浏览了遍书案上的文稿。够了。我对自己说,这辈子我想写的东西,**该**写的东西,都已经写完了。不过,那其中《桃花源记》显然是最奇异的。因为如果说我的其他作品都是有感而发,都是**真的**,那么这篇却是**假的**,是编的——至少看上去像编的。它算什么?既不是诗词,也非辞赋或传略。也许勉强可将其归入那被孔老夫子看不起的,"君子不为"的所谓"小说"?这么一想,我突然觉得她说的那个故事必定是假的,是她虚造的。她是如此着迷于那些坊间流行的志怪小说,不是吗?什么《神异记》《拾遗记》《孔氏志怪》。连带着我也读了不少。但问题是,她为什么要如此偏执地编造那样一个故事?那个故事与她的真正过往有何关系?这其中究竟隐藏着什么秘密?

时间的秘密。

时间的秘密就是这个世界的秘密。而这个世界的秘密就是,她说,发生过的事不可能改变。不允许改变。无论发生过什么。因为时间绝不倒流。时间一直向前。不顾一切。

那就是命运。正是不断向前、不可更改的时间,赋予了每个生命以独一无二的命运。那就是时间的秘密:它可以造就命运。所谓生命,就是生活在命运之中。那就是为什么她要逃离"桃花源"——不管它是现实还是想象——那个完美的世界里没有时间,从而也没有命运。

我望着窗外。已近黄昏。光线突然发生了某种微妙的增强。就像回光返照。一种奇妙的明亮。宛如置身梦中。一切事物——云朵,远山，东篱盛开的菊花，盘节苍劲的老松，院角那棵黑黝黝的桃树——似乎都在从内部发光。相比之下，屋内却愈加昏暗。除了我。那是因为酒。酒由内至外点燃了我。我一定是醉了。因为我看见桃花突然开始次第绽放，而不远处金色的田间她正在劳作，有个小女孩在她身旁跳跃玩耍。

我扶紧窗沿，闭上眼睛，微微颤抖。我尽力不让酒从眼角逃走。

仿佛只是一刹那。再次睁开眼睛，世界已一片幽蓝。我知道她就在我身后。同时我也知道她遥不可及——一如既往。我听见一个小男孩的声音在问，那你家是不是就叫桃花源？哦不，我听见一个熟悉的声音轻笑着回答说，它有自己的名字，它叫停云。

晕眩

A.

水没有反面。

1991年12月26日,全苏联人民都收到一份戈尔巴乔夫送的圣诞礼物:苏联解体。除了一个叫克里卡列夫的人。原因是他不在地球——他当时正在距地球350公里的和平号空间站。由于地面上乱成一团,他被苏联——不——俄罗斯政府彻底忘在了太空。三个月后,克里卡列夫终于返回地面,当他营养不良面色苍白地走出机舱,宇航服上还印着苏维埃国旗标志:他成了世界上最后一个苏联人。

有研究表明,动物对自慰的热衷程度及方式花样与其脑容量成正比。最好的例子就是看上去天真无邪的海豚。海豚以高智商著称,而相应地,它可能是除人类外最热爱并最擅长自慰的物种。比如它会咬掉鳗鱼的头,将鱼嘴变成飞机杯。据统计,一只雄性海豚平均每年会因此而咬下 400 个鱼头。

在其著作《伊甸园里到底发生了什么》中,美国犹太大学教授 Zevit 博士提出一个新观点:上帝造夏娃所用的并非是亚当的肋骨,而是亚当的阴茎骨。他的主要论据如下:

1. 圣经希伯来语原文 Tzela 的意思并非肋骨,而是"突出肢体的身体部位";
2. 人类突出肢体的身体部位——如手、脚等——唯一没有骨头的就是阴茎;
3. 绝大部分哺乳动物都有阴茎骨;
4. 女人与男人肋骨数目相同。

对于人类为何缺少阴茎骨,除了上述的另类神学解释——即它变成了夏娃——科学上通行的解释是它在演化过程中被淘汰了。其原因主要是与其他灵长类动物相比，人类的专一配偶模式使雄性的繁殖竞争大大降低，于是目的在于增加性交时间与频率的阴茎骨失去了用武之地。因此，真正让阴茎骨被进化淘汰掉的不是别的，是爱情。从这个意义上，我们可以说 Zevit 博士新奇的神学观点得到了科学支持——从比喻意义上，阴茎骨的确是因夏娃的出现而消失。

我永远记得。那次——我们正在餐厅对着菜单点菜——她突然对我说，为什么我觉得我们是一个人？我就像知道自己在想什么那样知道你在想什么。在那一刻，我完全明白她的意思，因为，就像她说的，我们是一个人。那是在我们结婚后一年。或者两年。

亚当与夏娃通常被认为是"寻找另一半"的故事原型，因为他们本是一体（不管是肋骨还是阴茎骨）。但事实上这一说法更贴切的来源是柏拉图对话录中的《会饮篇》。这篇对话的主题是爱。对话者之一，喜剧作家阿里斯托芬认为，爱是一种对完整的渴望。因为最初人是圆球形，除了脑袋仍是一个，其余器官都是现在的两倍：两张脸，四只手，四条腿，两副性器——而且，根据性器组合方式，那时人有三种性别：男男、女女及男女双性。由于这种圆球人是如此强壮而骄傲，以至于企图对抗众神，宙斯不得不想出一个办法，即将每个人剖成两半，这样就既不用灭绝人类（否则诸神将无人崇拜），同时又能削弱他们，使其不再嚣张。不仅如此，剖开后他还吩咐太阳神阿波罗将人的面孔扭转过来，好让人能时时看见自己被切割的伤痕，引以为戒——肚脐眼就是伤口被阿波罗缝合打的结。

不过请注意，那时人的性器仍在身后——被扭转的只是面孔。它之所以被移到身前，是因为宙斯遇到了一个新难题：被剖成两半的人彼此思念，无比渴望重新合为一体，于是除了互相紧紧拥抱之外什么也不愿做，直到最后被活活饿死。显然，长此以往，人类迟早还是会灭绝。为此，宙斯决定将人的性器移到前面肚脐下方，那样被割开的男女便可在拥抱中交合生育，繁衍不息，而男男或女女也可以"平息情欲，让心里轻松一下，好去从事人生的日常工作"。

哈尼夫·库雷西说，欲望是最早的无政府主义者。

B.

君貌今如何，孰与我老苍？（陈传良《怀同舍石天民编修》）

有研究表明，每接吻 10 秒就会交换 8000 万个细菌，长期固定情侣会因此导致体内菌群渐趋一致，据称那就是所谓"夫妻相"的秘密。

在丹麦词典里，对吻的定义是"嘴对身体的压力"。

在芬兰语中"吻"的字面意思是"献出嘴"。

"吻"字的甲骨文由"口"与"勿"构成,表示它并非口部一般普通的饮食动作。其篆文异体字由"口"与"昏"构成,表示爱人间因激情相悦而晕眩。

接吻是一件奇怪的事,曼斯菲尔德在笔记里写道。

据考古学和DNA研究显示,人类在文字诞生之前就已开始接吻。

只有人类才能接吻。只要稍加观察就会发现,我们周围其他几乎所有动物的嘴都不适合接吻。无法接吻。狗。猫。鸡。兔子。大象。蝴蝶。鱼。鸟。虫。为什么?

想象一下被切成两半的圆球人,想象他们(她们)紧紧拥抱不愿分开的样子,就能理解情人们为什么会如此热衷于接吻。

我们很少接吻。

我们经常接吻。

科学家指出,情侣之所以如此热衷于接吻,主要有两个原因,并都与大脑有关:

1. 唾液中含有多种激素和化合物,通过彼此交换有助于大脑评估未来伴侣是否为合适的生育搭档;
2. 舌头上遍布敏感神经,通过接吻会激活相关大脑区域,分泌催产素、多巴胺等提升愉悦感和减压的人体激素。

除了接吻,舌头的功能还包括但不限于:品尝食物。歌唱。表达感受。传播真理。赞美。辱骂。说谎。

三个历史性的吻(但都没用到舌头):
1. 格林童话中的《睡美人》——王子吻醒了

受到魔法诅咒一直昏睡不醒的公主。
2. 《圣经》中的犹大之吻——门徒犹大以亲吻耶稣为暗号将其出卖,耶稣随后被钉上十字架。
3. 作为柏林墙上最著名的涂鸦画作,描绘前苏联领导人勃列日涅夫与前东德领导人昂纳克激吻的《兄弟之吻》已成为一种标志性波普图案。它取材于一张 1979 年的真实照片,当时勃列日涅夫正在参加民主德国建国三十周年庆典,并被授予卡尔·马克思勋章。

C.

1927 年底,爱森斯坦开始筹划拍摄《资本论》。此时他已经用"蒙太奇"手法拍出著名的《战舰波将金号》。他计划借用乔伊斯写《尤利西斯》的手法——就像描述布鲁姆的一天那样,通过叙述某个工人一天的经历——来展现马克思恢宏精深的理论巨著。但最终该计划流产，只留下 20 页拍摄笔记。

蒙太奇来自法语 Montage，原意为建筑学上的装配、拼接，后发展为电影术语，特指电影后期中的画面剪辑与组合。

爱森斯坦著作《蒙太奇论》的第一句话："一切在于人——一切为了人！"不过这句话并不是他的，他是在引用高尔基。

几乎就在爱森斯坦计划筹拍《资本论》的同时，资本主义世界爆发了迄今为止有史以来最激烈、最漫长、最可怕的经济危机。崩溃从美国开始，迅速蔓延到欧洲和全世界——除了苏联。苏联在此期间顺利完成了五年计划，并试图趁股价大跌而用西伯利亚金块买下**整个西方**。显然，交易没有成功。

与此同时，一个叫阿比·瓦尔堡的德国艺术史学家开始了一项名为《记忆女神图集》的项目：黑色绒布衬底的木板上，根据不同主题分类——如"人与宇宙之关系"——被钉上若干从书籍、报刊中剪下的图片。其内容包罗万象：从耶稣受难到太空飞艇到古希腊石雕。瓦尔堡指出，重要的不是这些图片，而是它们的编排方式，是观者目光在这种排列组合影响下所激发出的心理效应。

作为犹太富商后代，瓦尔堡毕生都在投入大量精力和金钱建设他的私人图书馆。但与正常图书馆不同，他不是按书名字母或类别，而是按他的个人兴趣来给藏书排序，其指导原则被称为"好邻居法则"：即一个人遇到难题时，解决方法并不在他要找的那本书中，而是在它**旁边**的那本书中。

同样在1929年前后，另一个德国人，一个叫本雅明，漂在巴黎的落魄文人，开始创作一部类似文字版《记忆女神图集》的作品。在他的构思中，这将是一部现代都市版的《睡美人》：利用蒙太奇手法，将各种文本碎片（引言、摘录、轶事、短评等等）拼贴组合在一起，最终产生一种魔法与启示般的效果——正如王子吻醒公主那样——唤醒被资本主义蒙蔽的欧洲大众。

这部始终未能完成的作品被取名为《拱廊计划》,因其灵感源于巴黎的拱廊街:"玻璃屋顶,大理石地面的长廊,贯穿整个街区的室内马路,而两旁展示着最优雅的各式商品……整个拱廊如同一座城市,一个微型世界"。

本雅明:我不必说什么。仅仅展示。

《拱廊计划》卷宗 N 题词:意识的变革只能发生在……当世界从它梦见自己的梦中醒来。(马克思)

一种辩证法的仙境。(《拱廊计划》被放弃的原副标题)

D.

在程序员的帮助下,简建立了一个虚拟世界,现实世界的人们可以登录进去,然后在里面随心所欲地创造生物。每个生物都有独立的身体特征和行为组合,比如人们可以设定该生物是食草动物还是食肉动物。而且每个生物在被放生之后,都会时不时地"写信回家"。比如我创造的那只生物就会发邮件说"今天我拼命奔跑,在食肉动物的追赶下活了下来","今天我交配了,并有了身孕","我现在正在吃草","我快要被食肉动物杀死了——这是我发给你的最后一条信息"。(《万物本源》前言:《描绘人类存在性的全景图》尼尔·泰泽)

我也想"写信回家"。比如"今天我睡得不好,做了很多噩梦""今天我交配了,并采取了避孕措施""我现在正在读一本叫《白痴》的书""我快要被焦虑折磨死了——但愿这不是我发给你的最后一条信息"。不过,问题是,我该写给谁呢?上帝?

1973年英国天体物理学家布兰登·卡特首次提出人择原理。简单地说，它可以用一句话总结：宇宙是为人类度身定做的。这一论点的主要科学依据是，宇宙间的各项数据——引力强度，膨胀速率，原子结构，暗物质密度，等等，事实上是一切——都过于像某种精密的巧合：只要任何某个数值稍有不同，便不可能出现人类。

颇具讽刺意味的是，布兰登·卡特是在纪念哥白尼诞辰500周年的"宇宙理论观测数据"大会上提出了这一理论。与哥白尼正好相反——哥白尼的日心说否认了人类在宇宙中的特殊地位——人择原理认为"虽然我们所处的位置不一定是中心，但不可避免地，在某种程度上处于特殊地位"。

尼采：再也没有比大自然更不自然的了。

根据惯例，各大词典在年末都会推出自己的

"年度词汇"。2023年——剑桥词典：幻觉。韦氏词典：真实。柯林斯词典：AI。

AI是人工智能，Artificial Intelligence的英文缩写。根据百度词条，人工智能是"研究、开发用于模拟、延伸和扩展人的智能的理论、方法、技术及应用系统的一门新的技术科学"，是"新一轮科技革命和产业变革的重要驱动力量"。

同样在这一词条下：人唯一了解的智能是人本身的智能，这是普遍认同的观点。但是我们对我们自身智能的理解都非常有限，对构成人的智能的必要元素也了解有限，所以就很难定义什么是人工智能。

智能，我突然想到，难道不涉及欲望？

从某种意义上，可以说人工智能早已存在——那就是我们自己。或者更确切地说，应该叫神工智能。（《设计师》纳米·古德曼）

苍白的面色向我们证明了身体有多么理解灵魂。(《苦论》E.M. 齐奥朗)

纪德日记中引用茹贝尔的话：节制，就是像天使那样动情。

普鲁斯特称本质为一种"神圣的囚徒"。

E.

1914年8月2日，第一次世界大战爆发。卡夫卡当天的日记只有一句话：德国向俄国宣战——下午游泳。这是历史上最有名的日记之一。

游泳是一种古老的经验，只有性可以与之相比。对于不会飞的生物来说，这是唯一让身体暂时摆脱地心引力的可能。这种运动一旦成为身体的技术，就能提供一种持久的自恋式满足，身体似乎能自主反应，好像能完全自主地在一种媒介中活动，而这种媒介根本没有提供任何支撑……水的流动抚摸着身体，均匀地抓住、包裹整个身体，这完全可以是某种情欲越界的体验……男人的性欲只存在于唯一的器官中，并且只能在那里得到满足，这种看法（也是一种隐含的社会要求），卡夫卡从来没有让它与自己的经历和希望完全吻合。（莱纳·施塔赫《卡夫卡传》）

同样在1914年，对于卡夫卡，还有另一个与游泳相关的重要事件：7月2日，他用酒店信笺给菲利丝写好分手信，然后整理行囊，乘车去了公共游泳馆。

除了卡夫卡，另一个伟大作家兼游泳健将是拜伦。他声称自己一生最大的成就不是写诗而是孤身横渡达达尼尔海峡。他此举是为了纪念一个浪漫凄美的爱情传说。

除了卡夫卡，另一个以解除婚约而闻名的伟大作家是克尔凯郭尔。1841 年 8 月,他给未婚妻蕾吉娜寄去一封分手信,其中还有订婚戒指和一枝凋零的玫瑰。

在克尔凯郭尔写给蕾吉娜的信中,落款通常为"你的 S.K."或"你永远的 S.K.",而在他们关系即将结束时则变成了"你的 K."。

你的 K.——那也是卡夫卡大量情书的落款。而且,众所周知,《城堡》主人公的名字叫 K。同样众所周知,《城堡》讲的是土地测量员 K 因公被派往一座城堡但却始终无法进入城堡的故事。

据其丈夫施莱格尔说,蕾吉娜如此娇小,以至于可以在雨滴间奔跑而不湿鞋。

克尔凯郭尔和马克思的生日都是 5 月 5 日。

克尔凯郭尔终身未婚。各种迹象显示,他毕生唯一的至爱就是被他主动解除婚约的蕾吉娜。似乎不爱蕾吉娜——不与她结合，不与她结婚——就是他永远深爱蕾吉娜的最高表现。另一个表现就是他在自己短暂一生中（42岁，卡夫卡41岁）所写下的众多奇异作品。用他的话说："我作为一个作家的工作也可以被看作是为了尊重和赞美她而树立的纪念碑。"

这句话同样适用于另一个伟大作家。或许是最伟大的。那就是但丁。他9岁时——对，9岁，也就是说他还没发育——在一次晚宴上对一名叫贝雅特丽齐的同龄小女孩一见钟情。这场单相思占据了但丁整个一生。这期间他们只偶遇过几次，根本谈不上有任何肢体接触，除非把目光接触包括在内。但显然，任何事情都无法阻止但丁对贝雅特丽齐的爱，无论是肉体的缺席，她21岁时的出嫁，还是她25岁时突然神秘去世。相反，这一切仿佛使但丁的爱变得更加狂热而无限。事实上，你甚至会觉得，贝雅特丽齐是被他爱死的——以便让她能更自如地进入《神曲》，获得永生。

F.

希区柯克的《晕眩》1958年最初公映时,遭到票房和评论双重惨败。但随着时间推移,这部电影开始变得声誉日隆。2012年,经846位影评人投票,《晕眩》取代雄霸榜首长达五十年之久的奥逊·威尔斯的《公民凯恩》,被英国老牌电影杂志《视与听》评为影史最佳。这也被认为暗示着影评界在意识形态上的某种转化:从公众视角的政治社会叙事转向更为个人化的后现代身份谜题。

的确,无论从哪个角度看,无论是将其看成纯粹的娱乐片(正如希区柯克本人所坚称的),还是看成某种对拉康欲望理论——或后现代自我认知危机,或男权视角下的性别凝视,或不管什么——的某种隐含阐释,身份之谜都是《晕眩》的核心。因为整部电影都建构在一个谜一般的、最终被证明是**虚构**的女性身份之上。

她叫玛德琳。她的身份，或者说她的存在，不仅完全是虚构的，而且是三重意义上的虚构。也正是这三重虚构支撑起了整个故事。首先，她被虚构成富商埃尔斯特的妻子：埃尔斯特雇用了一名叫朱迪的底层性感女郎，让其扮演成自己高贵忧郁的妻子玛德琳，目的是让最近患上恐高症的前警官斯考蒂能够跟踪并见证她从修道院塔楼顶上跌落身亡——但其实跌落的不是朱迪，而是真正的玛德琳，或者更确切地说，是真玛德琳的尸体。也就是说，这一切都是埃尔斯特为掩盖自己杀妻罪行而精心谋划的。而这就引出了第二重虚构，埃尔斯特声称玛德琳似乎被先祖幽灵附体，常常恍惚觉得自己**就是**曾祖母卡洛塔，不仅模仿其发型和装束，甚至有可能会模仿其自杀，因此埃尔斯特请求斯考蒂跟踪保护她——结果在此过程中，斯考蒂深深迷上了这个玛德琳，这个假玛德琳。最后是第三重虚构：很久之后，斯考蒂偶然遇见了朱迪，曾经的迷恋让他又情难自禁地爱上了朱迪，以至于他在有意无意间，几乎是半强制地要将朱迪塑造（虚构）成那个实际上并不存在的玛德琳；然而，当他最终发现朱迪和玛德琳是同一个人，当他意识到自己所爱的不过是一场虚构，他的反应依次是不知所措、恐惧、绝望，以及——愤怒。

这是一种小男孩式的愤怒。一种幼稚可笑的愤怒。但在影片中，这种幼稚还有另一大表现，即在故事一开头斯考蒂所患上的恐高症。他作为男性执法者的身份更强化了这一幼稚的反讽感：他竟然恐惧**高度**。高度令他晕眩。但这种晕眩——这种幼稚——却是整个故事，或者说整个阴谋，得以成立的前提。

那也正是片名 *Vertigo* 的来源。它可直译为《晕眩》或《眩晕》，不过中文里最常见的译法是《迷魂记》。

除了恐高症带来的晕眩，电影中还有另一种更核心、更意味深长的晕眩：爱的晕眩。

那并非比喻意义上的晕眩，而是真正生理意义上的晕眩。研究表明，有超过百分之六十的热恋男女（或男男，或女女）会出现类似低烧的晕眩感，而在热吻后尤甚。

《晕眩》中最令人晕眩的场景：影片接近尾声，尚不知情的斯考蒂几乎是迷狂地将原本装束艳丽俗气的朱迪从头到脚改造成他眼中的那个死去的玛德琳，当宛如幽灵般的朱迪／玛德琳最终款款出现在斯考蒂——以及我们——眼前（镜头晕化了片刻），当他们深情拥吻……

斯考蒂所爱、所吻的究竟是谁？

她若非同一个女人，梦便不能成真；但她若就是同一个女人，梦就会被摧毁。（《眩晕》，查尔斯·巴尔）

与《晕眩》中一人分饰两角正好相反，布努埃尔的《欲望的隐晦对象》中，同一个女性角色却由两个人来扮演。

一天晚上，在她的公寓——我们刚认识不久——她递给我一支女士香烟。DOUBLE，她说。DOUBLE？

我不抽烟。

我抽烟。

DOUBLE 双爆珠的韩国 ESSE 牌女士烟是世界上销量最大的超细支女士烟。ESSE 中文被译成"爱喜"。烟盒上像诗句一样排列着：

    ESSE   爱喜
    CHANGE 改变
    DOUBLE 双重

爱喜欢改变？

爱喜欢不变?

在有个镜头中,斯考蒂和玛德琳站在他公寓入口处的铁栏杆前,我们注意到,栏杆的花纹是几个中国的喜字图案。这一图案通常被用在中国的婚礼上。

有两次,一次是对虚构的她(玛德琳),一次是对真实的她(朱迪),斯考蒂都几乎下意识地、脱口而出地、既像恳求又像命令地说出了同样一句话:为了我。

一个男性侵犯和视觉控制的故事,一个女性俄狄浦斯轨迹的图景,对男性之女性建构以及男性本身的解构主义之作,揭露导演、好莱坞制片厂及殖民压迫机制的作品,以及一个文本意义互相嬉戏以至于形成无限自我指涉的场域。(苏珊·怀特《〈眩晕〉和女性主义电影理论中的知识困境》)

与好莱坞电影通常给予的人物相比,玛德琳象征的是更深层次、更为本质的欲望的达成：在这（她貌似的自杀）之前，她所代表的正是我们对超越日常现实的某些东西的渴望，这是人类天性的基本特征。（罗宾·伍德《重访希区柯克》1965年版）

这一退化（到婴儿阶段的）现象最为明显的表现就是"浪漫爱恋"，它总是寻求完美的男女组合，并总是把爱恋的对象建构成理想化的幻想人物，……并否认他人和外在于他的存在。《晕眩》无与伦比地将这一退化现象戏剧化了：我无从找到另外一部电影，能像它这般残酷地分析男性欲望的根基，并暴露它的运作机制。（罗宾·伍德《重访希区柯克》1989年修订版）

影片最后一个镜头：从仰视的角度，我们看到斯考蒂伫立在修道院塔楼的高顶上。他刚刚目睹被自己亲手塑造成玛德琳的朱迪失足坠下塔楼——由于他狂暴的顿悟。这个镜头有某种糅杂了反讽与怜悯的悲壮意味：他终于从一个男孩，变成了男人。因为他终于克服了令人晕眩的两大幼稚：恐高症，及爱的幻影。（不过问题是，他还能再爱吗？）而对于朱迪，她身上虚实难辨、自相矛盾、令人晕眩的多重身份，终于在死中合而为一。

G.

斯考蒂与卡夫卡、克尔凯郭尔以及但丁有什么共同点？

1. 他们都是男人。
2. 在某种意义上，他们爱的女人都是一人分饰两角（DOUBLE）。
3. 他们的爱情都发生了某种极端情况——突然解除婚约，或女方突然死亡——而目的都是为了维护DOUBLE的其中之一：被虚构的那个。

斯考蒂与卡夫卡、克尔凯郭尔以及但丁有什么不同点？前者是警察，或者说普通常见的社会男性,而后三者是作家。这导致他们虽然有相同的男性欲望根基——即爱上某种虚构的幻象——却采取了不同的运作机制。如果说前者常常表现为幼稚和暴力(精神和肉体的),后者却将这种虚构,这种欲望的虚构本质,转化为了艺术。

对小说最简单常见的定义:虚构的艺术。

假如我们认可 Zevit 博士的说法,即上帝造夏娃用的不是亚当的肋骨,而是阴茎骨,那么结合《晕眩》,就可得出以下推论:既然男性是靠虚构想象来维持欲望,因此想象力就是男人的阴茎骨;而如果女人是来自阴茎骨,那么也就等于说——女人是来自男人的想象。换句话说:女人是一种虚构。或者,甚至,就像魏宁格在《性与性格》中提出的那个惊人而神秘的观点:女人其实并不存在。

但女人存在。不仅存在,而且是男人——以及整个人类——存在的基础。

但丁、克尔凯郭尔和卡夫卡强劲的创造力似乎显然跟他们身上强大的催产素——"忠诚素"有关。但他们效忠的对象都不是真实的女人,而是想象中的女人:也许,那就是为什么克尔凯郭尔和卡夫卡要解除婚约,因为他们要忠于另一个世界——想象世界——中的女人。

拉康:真实就是不可能。

拿破仑三世的美术总管建议库尔贝收敛一下自己的风格,那样政府就会支持他,对此库尔贝回答说:但我也是一个政府。

I.

"请告诉我,我该往哪儿走?"爱丽丝问。
"那主要取决于你要去哪儿。"柴郡猫说。
"我不怎么在意去哪儿——"爱丽丝说。
"那么你往哪儿走都无所谓。"猫说。

"——只要我能走到**某个地方**。"爱丽丝补充道。

"哦,你一定可以的,"猫说,"只要你走得够久。"

(刘易斯·卡罗尔《爱丽丝漫游仙境》)

爱丽丝漫游仙境症,又称"视微症",主要表现为视觉和身体感觉发生变形和扭曲,往往会产生自己身躯变大,而周围物品缩小的幻觉——正如爱丽丝那样。1953年首次出现了对这一症状的描述报告,1955年由 J. 托德将其命名为"爱丽丝漫游仙境症"。其病因可能包括(但不限于)病毒感染、精神分裂、癫痫、偏头痛、催眠或使用迷幻剂。

有学者认为,刘易斯·卡罗尔很可能患有爱丽丝漫游仙境症,所以他才会写出《爱丽丝漫游仙境》。

有研究称德国版画家珂勒惠支正是因为身患爱丽丝漫游仙境症,才导致其艺术风格从自然主义转向了表现主义。

1927年,珂勒惠支应邀访问苏联后大受激励,创作了《母与子》《团结就是力量》等一系列重要作品,成为现代美术史上最早反映无产阶级生活和斗争的版画家之一。1936年,鲁迅以三闲书屋名义自费出版了珂勒惠支在中国的第一部作品集,对中国美术发展影响深远。

《爱丽丝漫游仙境》与《晕眩》至少有三个共同点:坠落,晕眩,闲逛。

斯考蒂与(假)玛德琳刚相遇时,两人都多次声称自己在"闲逛"。当斯考蒂提议他们一起去"闲逛",玛德琳回答说:一个人是闲逛,两个人就有目的了。

本雅明说,蒙太奇就是一种"影像的闲逛"。

2008年,德国导演克鲁格推出了长达九个小时的纪录片《来自古典意识形态的新闻:马克思－爱森斯坦－资本论》，被认为至少在某种程度上实现了当年爱森斯坦要将《资本论》拍成电影的想法。

爱森斯坦的笔记中充满了轶事细节，"可信可不信"的社会新闻，它们能带我们深入资本的核心。我喜欢这一段："西方某地。一个也许是生产零件和工具的工厂。工人没有被搜身，取而代之的是，出口的大门居然是一个磁铁做成的检查点。"也许卓别林会喜欢这个场景：螺钉和螺母，锤子和扳手，都纷纷从工人口袋中飞奔而出。（弗雷德里克·詹姆逊《马克思与蒙太奇》）

刘易斯·卡罗尔也会喜欢。

1929年冬，爱森斯坦与乔伊斯在巴黎会面，再次提及用《尤利西斯》手法拍摄《资本论》的可能。除了蒙太奇与意识流的异曲同工，此时他们还有另一个共同点：都视线模糊，几乎失明。

《尤利西斯》中所描述的那一天——6月16日,即"布鲁姆日"——已成为全球最知名的文学节日。而乔伊斯选择这一日期的原因是为了纪念他与妻子诺拉的第一次约会,此次约会以乔伊斯自慰告终。仍然存疑的是:那次伟大的自慰用的是谁的手——乔伊斯还是诺拉?根据相关资料,似乎后者的可能性更大。但不管怎样,让乔伊斯抵达高潮的都不是真实的女人,而是想象。

J.

我永远记得。我办好离婚手续,开车驶上高架。我即将离开这座城市——那座城市。看着高架两侧那些足以唤起密集恐惧症的高楼大厦,我突然涌起一阵恐慌般的迷惑:眼前的这一切都来自哪里?钢筋。水泥。玻璃。塑料。沙发。毛衣。音乐。汽油。资本。股票。手机。性欲。爱。恨。家庭。政府。国家。一切。这一切的最终源头是什么？回答是：天上。不，我不是指宗教意义上，而是科学意义上。是的。一切，一切的一切，都来自天上，来自天上那个发光的东西：太阳。也就是阿波罗。就是他把我们的脸反扭过来，好让我们一低头就能看见自己被切开的伤疤。以及性器。而这两者都在提醒你：去找另一半。

有研究显示，如果不考虑规模，大脑神经系统与宇宙星系在结构上高度类似。

歌德：所有事实本身已是理论。

杜尚：不存在什么解决办法，因为根本就不存在问题。

黄大痴九十而貌如童颜，米友仁八十余神明不衰，无疾而逝，盖画中烟云供养也。（陈继儒《妮古录》）

你们却喜爱船，用帆令湖水不快。（W.G. 塞巴

尔德《眩晕》)

作为苏联共产党及布尔什维克的创始者之一,亚历山大·波格丹诺夫的身份包括哲学家、医生、科幻作家和革命家。其1907出版的代表作《红星》被称为俄罗斯第一部革命乌托邦小说。

在《红星》里的"火星社会",联络、外遇、浪漫、婚姻这几个词是同一个意思。

1908至1914年间波格丹诺夫在意大利卡普里岛一所由他创建的工人党校教书,同事包括高尔基和托洛茨基。

1924年,同样在卡普里岛,本雅明偶遇前来拜会高尔基的拉脱维亚女导演、坚定的共产主义者阿丝娅·拉西斯,随即坠入情网。正是在后者影响下,本雅明开始转向马克思主义。

1926年,为与拉齐斯相聚,本雅明来到莫斯科进行了为期两个月的考察。此次旅行经费来自奥地利宗教哲学家马丁·布伯主编的杂志《造物主》。

马丁·布伯以宗教哲学著作《我与你》而知名,他的另一个身份是《聊斋志异》的德语译者。

卡夫卡在 1913 年写给女友菲利丝的一封情书中,称布伯翻译的《中国鬼怪爱情故事》"精彩绝伦"。

众所周知,《聊斋志异》最经典的叙事模型是书生爱上一个在现实中不存在的女人,通常是狐狸精——或者说狐仙,要看你从哪个角度。

本雅明在莫斯科期间观看了电影《战舰波将金号》。

同样是 1926 年,波格丹诺夫在苏联成立输血研究所,目标是实现他在《红星》里所写的通过"同志式的生命交换"来永葆青春。列宁的姐姐玛丽亚是众多试验志愿者之一。1928年,他死于输血试验。

同样是1928年,本雅明为《苏联大百科全书》撰写的长达40页的歌德词条被否决。就在同一时期,他开始启动《拱廊计划》项目。

1940年,本雅明试图逃离被纳粹占领的法国,因计划受挫,在西班牙边境吞食过量吗啡自杀。当时他随身携带着一只沉重的公文包,据说其中正是仍未完稿的《拱廊计划》。

莫泊桑的一部长篇小说标题:《如死一般强》。

人对自己的死亡有意识的预知——这一状况赋予了生活某种叙事观念,某种叙事上的意义。(彼得·沃森《虚无时代》)

意义就是欲望本身。(《关于女人,拉康说了什么》克莱特·索莱尔)

穆齐尔在《没有个性的人》中这样描述一名叫莫斯布鲁格尔的谋杀犯：当他读到一本动人的书时，感到自己如此渺小而软弱，以至于像"水母在水中漂浮一样"。

《没有个性的人》中的另一个人物，克拉丽瑟说，"如果一个人接受拥有某种幻觉带来的好处，那么他就有义务让自己臣服于这种幻觉"。

奥斯维辛集中营大门上的铭文：劳动让你自由。

《资本论》认为工人劳动生产出的财富越多，他就越贫困，并且即使工人收入提高，他们仍然更贫困，因为他们异化的程度提高了：作为**人类**，工人变得贫瘠了。

马克思的女儿埃琳娜·马克思是福楼拜《包法利夫人》的首位英译者。

拜伦的女儿埃达·洛夫莱斯被称为人类史上第一位程序员：她创立的循环和子程序概念奠定了现代计算机的基础。

埃达·洛夫莱斯留下了大量情色写作。约翰·巴肯曾与亨利·詹姆斯一起翻阅其档案，他这样描述当时的情景：在一个暮夏的周末，我们浏览了大量陈年的下流文字，并适时写下了看法……我的同伴泰然自若，只是对一些特别不堪的内容说了只言片语："奇特"——"实在难得一见"——"恶心，也许，可是多么意味深长。"

约翰·巴肯，苏格兰政治家、历史学家和悬疑小说家，其小说《三十九级台阶》曾被希区柯克拍为同名电影。

希区柯克曾多次提及苏联电影及其蒙太奇理论对他有重要影响。

至少在表面上，希区柯克婚姻幸福，从未闹过绯闻。他妻子阿尔玛·雷维尔是一位电影剪辑师，经手作品包括 D.W. 格里菲斯的《世界的核心》。

希区柯克以热爱在电影中启用金发女郎而著称。其中出演《三十九级台阶》的玛德琳·卡洛被认为是"第一个真正的希区柯克式金发美女"。

玛德琳·卡洛称在拍摄时希区柯克对她态度忽冷忽热、反复无常，令其备受困扰。据称几乎所有与他合作的金发女郎都受到过此类精神分裂式待遇。

《晕眩》中的神秘女人叫玛德琳，而她据称被附体的幽灵祖母叫卡洛塔，曾是名舞女。

有评论家指出，希区柯克的绝大部分电影都有吻戏，而且这些热吻场面往往都标志着故事的关键性转折。以《晕眩》为例，其中有三场斯考蒂与玛德琳的吻戏：在海边，标志着双重身份的玛德琳／朱迪爱上了斯考蒂；在登上塔楼前，标志着朱迪将不得不杀死自己的玛德琳分身；在朱迪公寓，标志着朱迪决定满足斯考蒂的要求——让玛德琳复活。

在这三次吻中，对女方来说，她的身份在朱迪和玛德琳之间变幻不定，而对于男方，他吻的都是同一个人：玛德琳。

普鲁斯特的《追忆似水年华》，另一部意识流巨作，一次文学宇宙大爆炸，是由舌头的另一功能——味觉——所引发：即著名的玛德琳小蛋糕。

哥德尔因提出"不完备定理"而被称为现代理论计算机科学与 AI 理论之父。

哥德尔妻子比他大七岁，曾是名舞女。

奥逊·威尔斯说，当然，诸事皆完备，但不知道这点更好。

K.

据统计,在约五千种哺乳动物中只有不到5%是"一夫一妻制",其中除了人类,最著名的是草原田鼠。它们一旦交配就会成为终身伴侣:互相梳理毛发,共同筑巢,抚育幼仔。正因如此,草原田鼠常被科学家用来作为研究人类大脑神经中爱情机制的实验模本。某个研究团队曾将一对田鼠配偶分开在两个隔间——它们必须通过艰难翻越栅栏才能相聚——用神经成像技术实时跟踪其脑部反应。结果发现,当它们终于翻过栅栏见到配偶,测量催产素的光纤传感器被瞬间点亮——简直就像狂欢派对上的荧光棒。

同样是这对田鼠夫妇,在被分开四周后——它们的野外寿命通常不到一年——再度重复上述试验时,尽管彼此仍记得对方,但这次没有出现荧光棒。

田鼠的英文为 vole，只需对字母顺序稍加调整就会变成：love。

西蒙娜·薇依说，爱是我们贫贱的标志。

巴迪欧说，爱是最小的共产主义运动。

科克托说，有一天，有人问他如果房子着火了，他会怎么做，他会带走什么？他回答说：火。

图书在版编目（ＣＩＰ）数据

奇遇夫人 / 孔亚雷著． -- 上海 : 上海文艺出版社，
2025． -- ISBN 978-7-5321-9309-7

Ⅰ．Ｉ247.7

中国国家版本馆CIP数据核字第2025H1M970号

联合出品：联邦走马
责任编辑：庞　莹
装帧设计：emf

书　　名：奇遇夫人
作　　者：孔亚雷
出　　版：上海世纪出版集团　　上海文艺出版社
地　　址：上海市闵行区号景路159弄A座2楼 201101
发　　行：上海文艺出版社发行中心
　　　　　上海市闵行区号景路159弄A座2楼206室 201101 www.ewen.co
印　　刷：苏州市越洋印刷有限公司
开　　本：1092×787 1/32
印　　张：8.25
插　　页：4
字　　数：117,000
印　　次：2025年8月第1版 2025年8月第1次印刷
ＩＳＢＮ：978-7-5321-9309-7/I.7303
定　　价：69.00元
告　读　者：如发现本书有质量问题请与印刷厂质量科联系　T:0512-68180628